No perfect A

ヒノン

文芸社

No perfect A

目　次

第一章

世界は残酷だ。

そして、誰にも等しく苦痛を与える。

まるでそれが当然のことのように。

皆、平等なはずなのに、苦痛の大きさを競い合って生きることしかできない愚かさを見せつけるかのように。

昨日から降りっぱなしの雨で空気が重く感じる。

こんなときはたいていろくなことを考えないもので。

下手に明るい話題を探そうとして失敗するのもお約束だ。

私は雨が嫌い。

だって、六年前の悲しみが蘇ってくるから。

「疲れたときってホントに駄目なのね」

まだ三十路にもなってないのに。

これだったらまだ終わらない仕事の山を崩しているほうが余程マシだろう。

私は、無駄に流れていくだけの時間が一番嫌いだから。

彼女がいたら。

今はもうこの世界にいない友人の顔が思い浮かんできて本気で泣きそうになる。

仕事の帰り道。

どれだけトバして仕事と激戦を繰り広げてみたところで、結局帰りは遅くなってしまう。

家で待っている人間がいるわけではないから、急ぐ理由もないといえばない。

だが、家というものは自然と気持ちが落ち着くものだ。

だから速攻帰りたい。

会社だって本当は行きたくないのだが、「働かざる者、食うべからず」といった感じにきっちりとルールが決められている。

それがひっくり返せない絶対的なものだというのだからどうしようもない。

産まれてから今日までそのルールやら教えられた常識やらになんの疑問も持たずに生きてきた。

ただ、流されるまま。

考えることといえば、明日のご飯とか。

そんな風に毎日は続いていくものだって思ってた。

そうだ。
それ自体が間違っていたのに。
甘えた思考しかしていなかったせいで、私は大事な人を失ったんだ。
世の中には自分とよく似た人間が存在しているそうだが、
何から何まで似ているはずはない。

人間は一人一人違う生き物だ。
今どきそんなの常識でしょ？
でも、本当にわかっている人はいないと思う。
ちゃんと掴んでおかないと大事なものは簡単に両手をすり抜けていく。
最近は、ふとした拍子にあのときの後悔ばかり繰り返している。
忙しいのは好都合だった。
忙しさに気を取られていたら後悔も何も感じなくてすむ。
上を見るのが嫌で、下を向いたまま闇に彩られた家路を歩く。
会社から家までの距離はたぶん三十分ぐらいだ。
たぶん、とつけたのには理由がある。
私が今の会社に勤め始めたのは、ちょうど六年前。

人生で最も大事なものを失った直後だ。

仕事内容はもちろん、その会社の業種も給料も場所も知らないで、何かに憑かれたみたいに入社を決めたせいである。

彼女の面影があるところにいたくなかった。

一分一秒が苦しくて耐えられないから。

痛いのも苦しいのも好きな人間はそういない。

誰もが楽をして生きたいだろう。

私も例外じゃない。

けど、私は親友として重罪を犯した。

直接手を下していなかったからといって
私に少しの罪もないかと聞かれれば「YES」とは言えない。

目の前で起こったことにたいして何もできなかったのだ。

共犯者と同じだ。

そう考えるだけで罪悪感に押しつぶされそうになる。

私は逃げてしまった。

あの子を失った現実から逃げてしまった。

ここにいるのが何よりの証拠だ。

わかっている。
私がしていることが如何に子供じみた逃避なのか。
嫌というほど理解している。
何故生きているのだろう?
いっそあの子がいなくなったあとに私も逝けばよかったのだ。
なのに、そうわかっていてもできなかった。
その答えは至って簡単だ。

「死にたくなかった」
だから、私は冷たくなっていくあの子を見捨てて自分だけ助かったのだ。
なんて浅ましいんだろう。
人間の本性は生命の危機に瀕したときほどはっきりと表れる、
とはよく言ったものだと思う。
親友なんて言えない。
我が身可愛さであの子を見殺しにした私がそんなことを言えるわけがないじゃないか。
堂々巡りだ、と自嘲混じりの笑みをこぼす。
明日も明後日もどうだっていい。

私にはもう関係ない。
さらに言えば世界が今日滅びたって構わない。
あの子のいないこんな世界なんて、私には一欠片の価値もないのだから。
いつもよりのんびり歩いていたせいか、玄関を通って居間にある壁時計を見ると
すでに日を跨いでしまっていた。
考えごとをしながら歩くのはやめよう。
夜中の一人歩きはたいてい事件が起こる。
最近だって物騒なものだ。
確か昨日は夜道を歩いていた女子高生が男にどこかを切りつけられたとか言っていた。
私の自己防衛本能はまだ生きていたらしい。
感覚も死んでいない。
なんとなく空っぽの自身がまだ人間であることが妙におかしくて、
私は口の端に笑みを乗せた。
そのあと食事を取らずに寝室に転がり込んで、即寝た。

※

朝。

小鳥の囀りで目が覚める。

理想的な目覚めだ。

これで誰か自分以外の人間がいれば完璧なのだが、そううまくいくなら誰も苦労しない。

うーんと伸びをして、とりあえず何か腹に入れておくか、と冷蔵庫に向かう。

起きてすぐに仕事のことを考えるのは異常だ。

朝食をどうするかよりも現実から逃げるほうが優先、ということだろうか？

さて、その仕事というのは成果によって給料が変わる制度らしく、
努力を認められたい私にはぴったりだった。

皮肉にも程がある。

あの子も結構私に近い感性を持っていたから、
一緒に働いていればいろんなことを分かち合えただろうに。


何を考えてみてもあの子の影が消えることはない。

一生かかっても償えない罪だ。

頼まれたって忘れるつもりはない。

誰かの代わりになんてなれないから。

賞味期限の字がかすれてすっかり読めなくなってしまった卵を三つほど取り出し、二日くらい前に買った食パンをトースターへ強引に押し込む。

これで朝食はＯＫだ。

しかし問題がある。

昼食と夕食をどうするか。

私は相当雑な生活をしている。

一日三食きっちり食べる星のもとに生まれていないんだ、たぶん。

頑張ってみたこともあるにはあるが、詰め込んだ直後に全て吐き出してしまった。

それからというもの、最大二食が限度になっている。

肉づきが悪いこともないし、太りやすくもないからなのだろうが、
個人的には嫌で仕方ないスタイルに落ち着いている。

生来中途半端という言葉が全面的に嫌いなのだ。

理由はない。

ただ、嫌いだから嫌いなだけ。

それ以上も以下もない。

またしても考えごとをしながら朝食を終えてしまった。

先日同僚に、「考えごとをしながら食べると太る」と言われたばかりなのに。

いくら今が中途半端な体型とはいえ、できるなら太りたくはない。

それは決してスタイルがいいように見られたいとかではなく、
いろいろ脂肪がつくと不都合が生じるからだ。

第一動きにくくなるのは困る。

家でじっとしているよりは外にいたほうがいい。

我が家は確かに落ち着くが、
一日中家にいると身体が変に鈍ってあとあと支障が出てきて面倒なのだ。

実際二週間前に経験したからこれは絶対だ。

出勤するまであと十二分ある。

毎日この微妙に余った時間の消費方法を考えるのが面倒で仕方がない。

どうしたものか、と頭を抱える。

データの整理は会社のパソコンでなければできないし、
資料を見直そうにもデスクの引き出しに重要なものは全てしまってあるから無理だろう。

残った選択肢は、
暇だからなんとなくつけてみたテレビのニュースを観るぐらいだが……。

面白くない。

最近のテレビ番組は特にそうだ。
同じような内容のものを流しては顔も見たことのないような学者だの教授だのが
好き勝手な理論をひたすら喋っているだけ。
何がそんなに楽しいのか全くわからない。
理解に苦しむ。
生憎私は答えのない問いかけを
いつまでもぐるぐる考えていられるほど暇な人間じゃない。
余所(よそ)で好きなだけやってくれ、というのが本音である。
正確には忙しいからではない。
面倒だとわかっているからだ。
考えても仕方がないなんて言いわけでしかない。
本当はちゃんと向き合っていかなければならないと頭ではわかっているのに、
気持ちがついてこない。
ただ、それだけのこと。
気持ちが頭でどうにもできないのは今に始まったことではないし、
これから先どうにかできる保証もないから、
文句ばかり言っていられないのも周知の事実だ。

また面倒くさいことを考えているうちに時間がきてしまった。
いつもこうだ。
時間を潰す方法を考えている間に別のことを考えてしまう。
そして時間が経過していることに気づいたときには
もう時間を潰す必要はなくなっている。
歳のせいなのかもしれない。
考えることやらストレスやらがどうしたって多くなる。
この二十代という歳はこんなものか。
そうでも思っていないと胃の痛みが酷くなっていくだけ。
人は自分のせいだとわかっていても別の何かに責任を擦りつける。
自分で自分の失態の一つも受け止められない。
身勝手にも程がある。
とはいえ、私も同じ人間だから堂々と文句は言えないんだけど。
ストレスと悪態を繰り返しながら、
やや乱暴に支度を済ませ、家を出る。
会社まで歩いていく。
道中もいつもと同じ。

何もない。

何も、変化なんて……。

「きゃああああああ‼」


耳障りな悲鳴が耳に突き刺さる。

女の人の悲鳴ってこんなにも耳につくのか。

改めて聞いてみると不愉快以外の何ものでもない。

複雑な気分にさせられる。

と、ろくに前を見ずに歩いていたら誰かとぶつかった。

「す、すいません！」

「いえ、前を見ていなかった僕も悪いですから」

「あ、ははは」

なんとも歯切れの悪い謝罪になってしまった。

ぶつかった相手を見ると、私と同い年か、それより少し若いくらいの男だった。

ひょろっとしていて、とてもじゃないが頼りがいがあるとは思えないタイプ。

私とは話が合わないだろうなと確信した。

そのまますれ違って終わる。

もう二度と会うことはないと思っていた。
なのに、それは突然起こった。
「僕にも見せてくれませんか？」
ひ弱そうだと思っていたら、男は人だかりに向かっていく。
見かけによらないその行動につられて、私も誘われるように男のあとを追う。
「これは殺人事件ですね」
「え⁉」
衝撃だった。
これで悲鳴をあげるなというのは無理だと言われても同意できる。
私の眼前に広がる光景はそれほどまでに異様で、
現実として受け入れがたいものだったのだ。
人が、頭から地面に刺さっている。
どう見たって現実逃避の一つや二つしたくなるだろう。
けれど、私には何もできなかった。
常に何かしらどうしようもないことを考えているためか、
思考回路がストップしてしまったせいだ。
考えられない。

考えたらいずれこの状況を現実として受け入れなければならなくなるから。

男は人だかりの中から話が聞けそうな状態の初老の男を連れ出し、何やら話し込んでいる。

私は完全に我を忘れたまま、何かを求めるように手を伸ばす。

その先には頭から刺さった死体がある。

思考しない頭に拒否も受容もあるはずはなく、誰に止められることもなく、触れた。


足首、足、膝、腰。

下へいけばいくほど硬く冷たい感触が伝わってきて、嫌でもそれが死体なのだと感じさせられた。

ふと意識が戻ってくると男はすでに話を聞き終えていたらしく、私の隣に座り込んで何やら死体を観察している。

観察、というよりは凝視に近かったかも。

ようやく気がすんだのか、男は立ち上がり屈伸と伸脚で足の痛みを解し、私に向かって歩いてきた。

「何か用ですか？」

「ええ、そうですね。

貴女の意見を聞かせてもらってもいいですか？」

「どうして？」

「いや、単純に貴女が一番この死体を見ていたようでしたので」

「えと、あなたは誰ですか？」

「ああ、これは申し訳ありません。

女性と話すのは久方ぶりなもので。

礼儀作法は何度もしつこく習ったはずなんですけどね。

それはあとにしましょう。

僕は白橋大典（シラハシダイスケ）。

刑事あがりのしがない一般人です」

「刑事あがり、ですか」

「はい。

まぁいろいろと込み入った事情があったんですよ。

それで、聞かせてもらえませんか？」

「率直な意見でもいいなら……。
えっと、この死体、元々刺さってたんじゃないかな？
じゃないとこれだけ真っ直ぐになったまま硬まったりしないと思うんですけど」
「なるほど。
なかなかいい勘をお持ちのようだ。
僕の人を見る目が衰えていないようで安心しました。
では、行きましょうか」
「はい？」
「どこへ、という質問にはお答えしませんよ。
貴女には話すよりも見ていただきたいのでね」
「っでも、私は普通の会社員です！
会社に行かないとクビに！」
「それなら心配はいりません。
貴女には重要参考人になっていただきますから」
「それって……！
私が容疑者ってこと!?」

「勘違いしないでください。
　重要参考人というのは何も容疑者だけを指す言葉ではないんですよ」
「そう、なんだ」
「はい。
　これからも何か気になることがあれば遠慮せずになんでも言ってくださいね。
　そのほうが僕も捜査を進めやすい」
「え、でも確かあなたは刑事あがりなんですよね？」
「そうですよ？
　ですが、刑事ではないからといって見て見ぬフリはできない性質なんですよ。
　貴女だって真実を知りたいでしょう？」
　それはそうだ。
　気になるものを見つけてしまった以上、
　その正体を知りたくなるのは当然の反応なのだから。
　がむしゃらに己の研究に没頭する研究者を嘲笑っていられる時間は終わりのようだ。
　やはり人の子である限り似たところを私も持っていたということなのだろう。
　観念しよう。

会社に行かなければ今月分の給料に支障が出るのは間違いないが、今は身の内で溢れ出さんばかりにある好奇心をどうにかしたい。

欲望に対しては驚くほど無力なのもまた人間、ということか。

私は男の、いや、白橋の視線を真っ向から見返し、静かに頷いた。

何気なく交わされたこの邂逅が、後に何を生み出すかも知らずに。

※

「それで、どこに向かってるの？」

「そうですね、まずは被害者がいた現場の周辺を調べてみましょうか」

会話が微妙に噛み合わない。

それでも答えがあることに違いはないので、文句は心の中にしまっておく。

私が白橋に敬語を使わなくなったのは何故かというと、彼のたっての要望だったからだ。

自分はあんなに丁寧な口調のくせに、
他人に同じような口調で返されるのは嫌だとかなんだとか。

見た目とは裏腹によくわからない主張をしてくる男だ。

予想がつかないほうが面白くはあるが。

さすがにスーツのままうろつくわけにはいかないので、
少し服屋に寄って適当に見繕ってもらった服を着ている。

中は薄い長袖シャツで、上から深緑のカーディガンのようなものを羽織り、
下は普通の青いジーンズといった感じだ。

なんの変哲も面白みもない、普通の格好である。

白橋は若干苦笑していたが問題でもあったのだろうか？

流行に疎く、
ファッションに興味が皆無である私からすればそれなりに頑張って考えた成果なのだが。

「ねぇ、そんなにこの格好って変なの？」

「いえ、そうではないですよ」

「じゃあ何？」

「そんなに気を悪くしないでください。

単に貴女にはもっと別の種類の服でも似合うのではないかと思っただけです」

「むぅ……。

白橋君には何か好みのタイプとかあるの？」

「特にこれといったものはないですが、
貴女には少し淡い色のロングスカートなんかが似合うと思いますよ」

「ちゃっかりリクエストしてるじゃない！」

「そうでしたか？」

白橋は世間でいう「天然」なんだ。

そうに違いない。

厄介なタイプに目をつけられてしまったものだ、と内心ため息を吐く。

なんでもはっきりしたい私と、
自分で意図しないうちにあれこれ転がっていくのに任せるだけの天然タイプは相性が悪かった。

経験があるだけに苦い気持ちになる。

「で、ここに入るの？」

「ええ。

ここに何か手がかりがありそうですから。

そんな気がしませんか？」

「白橋君のやりたいようにすればいいんじゃない？

私、捜査とかそういうの詳しくないもん」

「いえ、そういう専門的な意見は最初から期待していませんよ。

貴女の直感に聞いてるんです」

「私の直感なんてアテにならないと思うけど……」
「そんなことはないですよ。
だって、先程の貴女の見解は実に的を射ていましたから」
「さっき？」
「死後硬直の予測時刻です。
確かにあの死体はあの場所が道路になる前からすでにあったものです。
では、今まで誰も気がつかなかったのは何故なのか？
理由は、誰もが景色の一つとしてしか認識していなかったから、でしょう。
しかし、今日は違った。
異常としか言いようのないあの状況を、〝異常〟だと認識できる人間が現れたのです」
「そんなことあり得るの⁉」
「現に貴女もその目で見たでしょう？
人間の目というのは正確さに欠けていますからね。
だから錯覚という現象が起こり、幻覚を見るんです」
言われてみればその通りだ。
白橋の論に穴は見当たらない。

気をつけて見ていなければ見逃してしまうような小さな綻びを見つけることに余程長けているのだろう。

天然な人間と相性が合わないから、と人を判断しようとしていた自身が恥ずかしい。

私なんかよりも彼のほうがよく人を知っている。


「あれ？

　あの子たちは誰？」

「聞いてみましょうか」

「あ、ちょっと！」

私の話なんて聞いてもいない。

今の彼の頭の中には
私たちが向かっていたビルから出てきた女の子二人に話を聞くことしかないに違いない。

「すいません、少しいいですか？」

「あら、どちら様かしら？」

「僕は白橋大典といいます。

　彼女は」

「香藤紗奈（カトウサナ）です」

「話を聞きにきた、ということでいいのかしらね？」

「うん、そうだと思うよ。
でもその前に私たちも自己紹介しないと」

「それもそうね。
私は終峯零（ツイミネレイ）。
隣にいる彼女は、仁科綾（ニカリョウ）。
それで？」

「話を聞こうと思っていたんですが、その必要はなさそうですね。
中に入ってみればわかる、と目が言っています」

「すごい！
零の言いたいことわかった人なんて初めてみた！」

「私もよ。
貴方たちに興味が湧いたわ。
けれど、私たちものんびり話してはいられないのよ」

「それは残念です。
またどこかでお会いすることがあれば聞かせてくださいね？」

「ええ。

　期待しているわ」

「またね、お姉さん」

「えっ、うん」

何がなんだかさっぱりわからない。

あの子たちはなんだったのだろうか。

「行きましょうか？

　彼女たちの気遣いを無駄にしたくはないですしね」

「白橋君に任せるってば」

「なら遠慮なく」

いちいち断りをいれてくるあたりが紳士っぽい。

歳がそう変わらないとはいっても彼と私では全く違う。

礼儀とかをまともに習ったことがないから、彼の一挙一動が不思議に思えてならない。

気にしすぎ、なのだろうか。

普通の人がどうなのかをよく知らないのもあり、
彼がどんな人間なのかを決めかねている。

今すぐに解決しなければならないような問題でもないのだが、気になるものは気になる。

好奇心旺盛な時期はとうに過ぎたとばかり思っていたのに。
こうも欲望に弱いと自分で自分が情けなくなってくる。
と、いつの間にか視線を彼のほうに向けていたらしい。
ちょうど私のほうを振り返った彼と目が合ってしまった。
「僕の顔に何かついていますか？」
「あ、いや、そうじゃない、よ？」
「そうですか。
　では、質問を変えましょう。
　僕に何か聞きたいことがあるんですか？」
「別に白橋君が気にすることじゃないって」
「貴女にとってはそうでも僕にとっては違います。
　理解できますよね？」
急に瞳の色が変わった。
色自体が変わったわけじゃない。
たとえて言うなら、さっきまでの掴みどころのない感じが一切なくなって、
ただ冷たく光る凶器のような目になったのだ。
人はいつどこで本性を現すかわからないけど彼は何か変だ。

うまく表現できないのは、私のボキャブラリーが不足しているからではない。
彼の変貌ぶりを言葉に当てはめる余裕がないだけだ。
私は短く息を吸い、頷くことで了解を示す。
喉に引っかかって出てこない言葉の代わりに。
会って間もないのに、
彼を怒らせてはいけないのだということを充分すぎるほどに思い知ってしまった。
口を噤みたい。
いっそ彼が私を解放してくれれば。
もちろん口には出さないが。
しかし同時に、今彼に解放されてしまえば真実がわからなくなってしまう。
迷っていた。
解放されて日常に戻りたい私。
このまま彼と真実に触れてみたい私。
相反する想いが狭い胸中を暴れまわり、やがて答えに辿りついた。
彼は怖い。
同年代とは思えないモノを感じるし、それ以上にまだ何か隠している気がする。
女の勘、というやつだ。

アテになるのかならないのか知らないが、標準レベルの知識しかない私の脳内ではこれが精一杯だ。

「納得のいく答えを導き出せたようですね」

「う、うん、なんとか」

「すいません、昔の癖なんです」

「癖？」

「僕が刑事を辞めることになった理由でもあります」

「そうなんだ」

「はい。

　今は過去になってしまいましたが、ね」

気になる言い方をする男だ。

聞いていいものかと一瞬迷ったが、聞かなければまた彼に見抜かれてしまう。どのみち言うことになるんだったら、と覚悟を決めて、私は僅かに口を開く。

「どうして刑事を辞めたの？

　白橋君の力だったら、クビにされたわけじゃないよね？」

「本当に勘のいい方です。
貴女の思っている通りですよ。
僕が刑事を辞めたのは、僕自身が警察という組織の存在そのものに失望したからです」
失望。
それはその対象に理想や希望を持っていたことがあってこそ生じるものだ。
ということは、彼が刑事になったときはそれらを持っていたのだろう。
だが、何かしらの形で裏切られた。
噛み砕いて言えばそういうことになる。
でもわからない。
またはぐらかされたと直感した。
芯に近いから、だろうか。
人間を構成しているのは身体組織だけではない。
精神組織も重要な部分なのだ。
中でもその人間の存在理由を表す芯は最重要で、
そう易々と他人に明かしていいものではない。
私だって芯を持っている。
だから理解はできるし、明かせと言われても全力でお断りさせてもらう。

聞いてはいけないと張られた予防線。
足元にあるそれを飛び越えたい衝動が湧き上がってくるのを抑えられない。
眉を寄せ、どうにかそれをやりすごす。
彼から見えないように俯くのも忘れない。
刑事あがりというのも頷ける観察眼を持っているからだ。
最初は疑っていたが、今は信用せざるを得ないというレベルの話ではなく、
信用しなければと思わされる。
彼が纏う情けなさそうな風貌からは想像もつかない。
「さて、今の質問の内容はまた後ほどお答えするとしましょう。
　あそこにあるようですね」
彼の指の先。
私は二十二年間生きてきた中で最も酷い光景を見た。
血の海。
その言葉が一番しっくり当てはまる。
「あ、れ……」
「なるほど。
これのカモフラージュ、ということでしたか」

なんだ？
隣で同じ光景を見ているはずの男が何を言っているのか全く理解できない。
恐怖も畏怖も感じられない。
彼の目には感情が宿っていなかった。
疑問しか浮かんでこない。
同じ人間、似通った感性を持っているのは間違いないのに、
彼と私では一から十まで異なっていた。
最早(もはや)遺伝子構造からして共通している箇所など見当たらないぐらいに。
放心状態の私を余所に、白橋は血の海へ足を踏み入れていく。
入ってはいけない禁区にでも入っているような、そんな言い知れない感覚になる。
けれど、実際にそうしているのは私ではない。
これほど鮮明に視覚から感覚を共有することがなかっただけに
かなり混乱している。
違う。
彼と私はあんなにも違ったじゃないか。
そう思うのに、反面彼と私は何かが同じだった。
コレは何？

あかの他人と同様の感覚を体験しているという事実に、脳の情報処理能力も理解力も追いつかない。

「何からお聞きしましょうか？」

彼がナニカイッテイル。

思考回路が正常に機能していない私では精々それを認識するのが精一杯だ。

私がこうなることも初めから知っていたかのように、白橋は優雅な足取りで私の前に立ち、静かに視線を合わせる。

彼との身長差は十五センチ程だから、少し屈む程度でこと足りる。

両肩に優しく手を置き私の意識を容易く捕まえると、焦点が合ってくる。

今まで滅多に放心しなかったからか、意識が現実に戻ってくるまでそれなりの時間がかかってしまった。

あと少し遅かったら危なかったかもしれない。

とりあえず彼に礼を言っておく。

「……ありがとう。

それで、何か手がかりはあったの？」

「まぁそれなりには。
貴女は面白い反応を示しましたが、教えてくれませんか？
その答えが、今回の事件の核に触れるために必要なので」
「そうなの？」
「はい。
感性は誰にでもあるものですが、
それをそうだと受け取ることができる人間は限りなく少なくなってきているんです。
原因として最も有力な説として挙げられているのは、自己防衛です」
感じるままを受け入れてしまうと、
次第に必要か不必要かを分ける機能が麻痺してしまい、
最後にはただ感じたことを機械的に受け取るだけの人形になってしまうから、らしい。
心理学的見解だそうだが、私は心理学とは無縁に生きてきたからわからない。
白橋もそれはわかっているはず。
つまり、私に聞きたいのはあくまで「何をどう感じたか」ということであって、
専門的なことは求めていない、ということなのだろう。
「ここにはあるはずのものがない、ってこと？」

「そうです。
それはなんでしょう？」
「死体……」
「その通り。
ここで誰かが殺されたことは確実なのに、肝心の死体がない。
要はここにあった死体を誰かが運び出したんです。
殺した本人か、その関係者かのどちらかがね」
「でも、それだけじゃない」
「と、言いますと？」
「何もしなくたって、普通この光景を見たら違和感しか感じられないんだよ？
それなのにわざわざ凶器まで残していったりするかな？」
「ほう。
確かに一理ありますね」
どちらの事件をカモフラージュしたかったのかは未だはっきりしないが、
どちらにせよ違和感が強すぎて
むしろ目についてしまうことを承知してまで凶器を残した理由はなんだろうか？
意味があるのか、特に意味はないのか。

ともかく、今この場所で得られるものはこれだけのようだ。

あとは別の場所にある手がかりを求めるしかない。

「ねぇ、次はどこに行くの？」

「いえ、どこかへ行く必要はありません」

「え？」

「夕方まであそこのカフェで待ちましょう」

「えっ⁉」

ますますわけがわからない。

何がしたいんだ、この男は。

だいたい、時間を潰す方法がカフェって。

どこまで紳士なんだ。

直接言ってやりたいのは山々だが、それよりももう少しだけあの光景を見ておきたい。

二度も見たいものではないが、あの違和感に慣れておきたい。

そうすればもっと自然にいろんなものを感じとることができるだろう。

知りたい。

真実を、この違和感の正体を。

知ってしまえばあと戻りはできないとしても。

純粋な好奇心は身を滅ぼすと言われる理由がわかった気がする。
危険なのだ。
知りたいという純粋で愚かな欲求はあらゆる不可能も障害も飛び越えていく。
やがて果ての果てまで辿りつき、真実と共に絶望を知ることになる。
求めるまではいい。
誰にでも平等に許された権利だ。
しかし、その先に行くか否かは自分自身で決めることであって、何ものの干渉もない。
そこが最大の落とし穴とも気づかずに、ハマっていく。
薬物に身体と精神を蝕まれ、堕ちていくだけに成り下がった人間のように。
知らなくてもいいことなら知らないほうがいいということだ。
けど、私はそうやって諦めさせられるのが嫌だから。
自分の無知を後悔するのは嫌だから。
あのときだって、何も知ろうとしなかった結果、失った。
幸い、今失うのが怖いものはない。
強いて言うなら自分の命くらいか。
一度は捨てようと思った程度の価値しかないが。

信用できるかどうかは別にして、
この白橋という男は私の欲求を満たすために不可欠な人間らしい。

彼にとっての私も同じなのだろう。

理解はできる。

納得はできないが。

彼の思考回路は掴めない。

刑事あがりという身分の人間と関わったこと自体初めての体験だからなんとも言えないが、結構扱いが難しい。

喜怒哀楽の境界線も曖昧だ。

というか、まともに感情を表したことはない気がする。

私ばかりが晒しているなんて理不尽だ。

白橋は、自分を一切曝け出すことなく自分に必要な情報だけを正確に引き出していく能力が異常に高い。

だからか、とか、しょうがないのか、とは思いたくないわけで。

勝負する前から負けを認めたみたいで非常に気に入らない。

「眉間に皺が寄ってますよ。

せっかくの綺麗な顔が台無しです」

「今どきそのお世辞はないんじゃない？」

「おや、純粋な褒め言葉のつもりだったんですが」

「女の人はそんなに単純じゃないわ！」

「そのようですね」

本当にわかったのかと聞きたくなるような肯定である。

眇めた目で不満を訴えると、白橋はおどけたように肩を竦めるだけで謝罪はない。

我が道を行く人間は面倒だ。

足並みを揃えていればいいのか、
黙ってついていけばいいのかの判断をつけるのはさらに面倒。

これだから男は好きになれない。

夢だロマンだと言っておきながら、ここぞというときに限って迷う。

そのくせわけのわからないタイミングで意地を見せてくる。

分析するのも鬱陶しくなるぐらいに。

「男が皆そういうわけでもありませんよ」

「は？」

「いや、先程から男に対して何か考えているようでしたので。僕は夢だのロマンだのは持ち合わせていませんし、土壇場で使えるほどの意地もないです。おわかりいただけましたか？」

「うん、白橋君が変わってる人だっていうのはよくわかった」

「そうですか。解決に役立てたようですね」

「なーんかズレてるような気がしないでもないけど」

「……」

彼が私のためを思って助け舟を出してくれたのはありがたいが、如何せんその内容はまた答えのようで全く答えになっていない。核心に触れていながらも決して核には手を伸ばさない。やはり変わった男だ。

「僕の顔に何かついてますか？」

「あ、ううん！　そういうわけじゃないよ。ただ、白橋君がどんな人なのかを考えてたの」

「僕が、ですか。

　生憎僕は貴女にそこまで考えていただけるほど価値のある人間ではないですよ。

　そう、貴女には、ね」

　最後の一言だけ何故か聞こえなかった。

　それを私が聞く前に、誰かの手によって事件という盤に乗せられた駒が動かされた。

※

　白橋に連れられて入ったカフェは端っこにあった。

　入るのにかなりためらったが、いざ中に足を踏み入れると控えめだが洒落た店だった。

「外見と中身が一致しないってホントだね」

「そうでしょうね。

　僕も最初に来たときは今の貴女と同じような感想を持ったものです」

「ここって来たことあるカフェだったの？」

「ええ。

　僕の、とても大切な方と一緒に」

「大切な人って……まさか彼女⁉」

「まぁそんな感じです」

「うっそ！

彼女いない歴＝年齢みたいな外見なのに⁉」

「はは、よくそう言われましたね。

でも、本当ですよ。

彼女は僕にはもったいないぐらいに聡明で、とにかく綺麗な女性でした」

「ベタ惚れだったんだ〜」

「世間一般の言葉でいえばそうなりますね。

幸せだったから、手放すことを選んでしまったのかもしれません」

「どういう、こと？」

「今は聞かないほうがいい。

この事件の真実を知ることが叶ったとき、貴女がまだ覚えていればお答えしますよ」

「本当に？」

「はい。

なんなら指切りでもしておきますか？」

「白橋君、昔風なことが好きなの？」

「いいえ、違います。
　単なる遊び心ですよ」
「遊び心って……」
論点以前にもっと根本的なところからズレているように思うのは私だけだろうか。
彼は何も気にしていないようだけどツッコまないほうがいいのか？
よくわからない気遣いと好奇心で脳内をかき混ぜている間に
いつの間にやら注文を済ませていたらしく、コーヒーが運ばれてきた。
私は紅茶よりコーヒー派だから大喜びだ。
さり気ない気遣いに感謝したいところだが、
何故彼は私の好みを把握しているのだろう？
「不思議そうな顔をしていますね。
　何かあるんですか？」
「なんで私の好みを知ってるのかな〜って」
「ああ、そういうことですか。
別に僕は貴女の好みを把握していたわけではないです。
ただ、僕の好みをアピールしてみただけなので」
「深読みしすぎたのかなぁ」

「いいですよ、気にしなくても。
　貴女の疑問は興味深いですからね」
あの笑みが謎だ。
口の端だけを上げるあの笑い方、どこかで見たことがあるような気がする。
私と彼は今日会ったばかりだから、
誰かと重ねて見てしまっている可能性もなきにしもあらず。
今はまだ、胸のうちにしまっておこう。
確かめるにしても根拠が足りない。
知りたいだけなのだから証拠はいらない。
が、私が自分を納得させるために必要だと思っただけだ。
日が落ちていく。
仕事に通いつめている毎日で気づかなかった。
美しい景色に心奪われることも、無関心にぼうっとすることも。
忙しなく過ぎる時間に流されているだけだったことが悔しい。
些細な物事が尊く、絶対的なものがないのだと思い知らされた気分だ。
白橋もガラスの向こう側の景色を眺めている。

何を考え、何を感じているのか、私には見当もつかなかったけど、たぶん途方もないことなのだろう。

だって彼がコーヒーに口をつけたときにはすでに冷え切っていたのだから。

「ごちそうさま～」

「お粗末さまでした。

と、これは僕が言う台詞ではなかったですね」

「あはは、確かに変な感じだったかも」

「コーヒーも飲み終わりましたし、もう一度行ってみましょうか？」

「もう一度って……また、あの屋上へ行くの？」

「ええ。

彼女が僕らのために目印を残しておいてくれたので、ね」

「目印？」

「行ってみればわかりますよ」

目印、と言われてもいまいちピンとこない。

あの光景以外で目につくようなものはなかったように思うのだが……。

まぁここでいくら思考を巡らせてみたところで答えになど触れることはできないのだ。

だったら彼の言う通りにしてみようか。

何を見ても取り乱すことがないように覚悟を決めて、
私は勘定を素早く済ませ、彼の背中を追った。

※

「これは……！」
「さすがに、ここまでは予想がつきませんでしたね」
再び目に入った光景が最初とはあまりにも違いすぎて絶句してしまった。
あったはずのモノがない。
血の海も、凶器もない。
まるで初めからそんなものは存在していなかったかのように。
あるはずのモノがなくなることなどまだザラにあるが、
跡形もなくなることなんてあり得ない。
そのあり得ないことが今、目の前にある。
理解できる、できないというより理解したくない。
どうして？
疑問で頭がいっぱいで一言も話せない。

「なくなった、という解釈には若干の誤りがありますよ」

「どういうこと？」

「なくなったのではなく隠滅したんです。

僕たちが来る数分前に」

「そんなに早くできちゃうの⁉」

「やり方によれば可能です。

この際、あり得ない事象はないものだと認識したほうがいいですよ。

でなければ、真実に触れることもできない」

「真実に、触れる……」

「不安でしょうけど、受け入れてください。

真実を知りたいのなら」

「わかったよ。

ここまで来たんだから、全部知りたい」

「それでこそ、です」

愚かなものだ。

知らなくてもいい真実だって存在しているというのに、
それすらも余すところなく知りたいとは。

欲望に忠実な、実に人間らしい人間だ。
私の言葉に満足したのか、白橋はただただ微笑を浮かべる。
血の海が広がっていた場所の真ん中に立ち、暗く染まった空を見上げて、
彼は自分で目隠しのような真似をしているが、どんな意味があるのだろう？
彼の奇怪な行動のおかげで思考に余裕が出てきた。
落ち着いて状況を整理してみよう。
昼頃にここで見た光景は、
忘れようと思っても忘れられるようなものではないぐらいおぞましかった。
真っ赤な血の海が屋上の扉に届くかという規模まで広がっていて、
ちょうどその真ん中あたりに凶器と思われるナイフが一本落ちていた。
いや、あの場合は置いてあった、と言ったほうが合っている。
とにかく、その凶器のナイフ以外に怪しいものはなかったと思う。
彼もそう感じたから現場検証を早々に終えたのだ。
次に、夕方。
つまり、カフェで時間を潰してここに来るまでの間に、
犯人か共犯者がここにあった凶器と血の海を隠滅した。
そして今に至るわけだ。

おかしな点は一つしかない。

ナイフ一本だったら隠滅するのにさほど手間も時間もかからないだろうが、あれだけの血をどうやって始末したというのか。

顎に人差し指をあて、じっくり考えてみる。

しかしどうにも納得のいく答えが見つからない。

助けを求めるように彼に視線を投げると、
彼はさっきまでいたはずの場所にはいなかった。

突飛な行動にも慣れてきた。

前にいないなら後ろにいるかもしれない。

背後を振り返り、私は自分の勘も案外役立つことを確信した。

白橋は屋上にあったもう一枚の扉を開け、中で何かしているらしい。

怪しさが倍増しただけのような気がしないでもないが、
そこにツッコんでいるときではないだろうと思い直し、彼の近くまで歩いていく。

すると、またしても悲鳴をあげたくなる光景が視界に飛び込んできた。

「ひ、と?」

「でしょうね。

とは言っても、これでは人〝だった〟と言わざるを得ないのでしょうが」

白橋が手に持っていたのは大きなゴミ袋に入った赤い物体……。
バラバラにされた、人だったモノ。
そこには大量の血液も入っていた。
「これでようやくカモフラージュの真相がわかりました」
「え？」
「ここは彼女たちに任せましょうか。
僕たちの知りたい真実は下の事件のほうなので」
これまでがあまりにも衝撃的すぎてすっかり忘れていた。
そうだった、私たちが探していた真実は別にあった。
私は心の底から安堵した。
見慣れないものを見てしまったから、いい加減精神的な限界がきていたのだ。
これが一般人と専門家の違いか、と白橋の背中を見つめる。
彼はいくつ見てきたんだろう？
酷くて惨い、何一つ救いがない死を。
私だったら耐えられない。
見たくないものから目を逸らし、
いつだって逃げることを選んできた私には……無理だ。

頼まれたってやらない。
人を殺すことは簡単だ。
だから気づかない。
その尊さも、重さも、同じものは二つと存在しえないことにさえ。
自分で考える能力を持っていながら、
私たち人間という生き物は不要な部分にばかり使っている。
当人にしてみればくだらないことではないのだろうが、
他人からすればそう感じてしまえるものにばかり囚われて
周りが見えなくなっているのだ。
改めて人間の本質が垣間見えた一日だった。
尤も、まだ終わりではなさそうだが。
白橋は下の事件を調べると言っていた。
つまり、再び屋上に来たのは犯人か共犯者が起こした行動を確認したかったからで、
下の事件に関しての手がかりがゼロなのは変わっていないというわけだ。
明日も仕事には行けそうにないな、と密かにため息を吐く。
「今晩は満月ですか」
「あ、ホントだ」

「満月、あまり好きではないんですけどね」

「どうして？」

「僕の最も大切なものを奪ったから」

「……」

彼の横顔が途轍（とてつ）もなく大きな悲しみをたたえていたから、私は何も言えなかった。

かける言葉が思いつかなかったんだ。

思いついたとしても、やっぱり何も言わなかったと思う。
私と同じだった。
あの日、由理（ユリ）を亡くしたときの私と。
誰かを、大事な人を失う痛みはよくわかる。
同情の言葉だったらいくらでも言えるだろう。
だけど、それは私自身が一番知ってる。
痛みを抱えた人に同情することこそ最低な行為なんだって。
同情は身勝手で残酷だ。
「可哀想だね」とか、「私もそうだったから」とか、
痛みを抱えている人にはなんの助けにもならない。

逆にその人を惨めにするだけ。
どうすればいいか、なんて私にもわからない。
そもそもこれには正解がない。
数式には何億通りであろうと正解がある。
でも、人の感情の問題だけは正解がない。
人の感情をどれだけ分析してみたところでそれは絶対じゃない。
私たち一人一人が全然違う人間なんだから、
必ずしも当てはまる答えなんてゴロゴロ転がってないんだ。
今の私は無力。
それでも、我慢することしかできない。
いつか乗り越えなきゃいけないんだよね。
私も、彼も。
自分の痛みを抱え続けるだけじゃ、前には進めない。
痛みも苦しみも自分自身で乗り越えていかなきゃ誰も代わりになれないことなんだ。
わかっていても、今すぐには乗り越えられそうもないけど。
私たちは迷子の子供みたいだ。
出口（答え）を探して歩き続けている。

どこにあるかを教えてくれる人は誰もいない。

親切の皮を被ったピエロに惑わされても、歩くことをやめない。

生きている実感を得るために、誰の指図も受けずに。

※

「今日はここまでにしましょうか」

「もういいの？」

「はい。

僕の欲しかった情報はもう手に入りましたから」

「いつの間に……」

「貴女が物思いに耽っている間に、です」

「律儀に答えなくていいから！」

「答えを求めたのは貴女ですけど？」

「口答えしない！

そういえば聞いてなかったけど、白橋君の家ってどこ？」

「特に決まった家はありませんよ」

「ってことは」

「ホームレスというのは少々語弊があります。

決まった家はありませんが、ホテルや旅館を転々としています」

「白橋君ってお金持ちだったの⁉」

「まぁ、世間一般で言えばそうなりますね。

僕はあまりそういう言われ方は好きではないですが」

「あ、ゴメン」

「気にしないでください。

そうですね、明日もつき合ってもらうことになりますし、招待しますよ」

「マジで？」

「はい、マジです。

もう少し歩いた先に繁華街があるのはご存知ですか？」

「あのキラキラ光りまくってるとこでしょ？

私行ったことない」

「でしたらちょうどいいですね。

どうぞ、案内します」

「ありがと」

差し出された手を軽く握り返し、私たちは繁華街に向かって歩く。

ようやく彼の紳士っぷりの正体がわかった。

幼い頃から良家の子供は礼儀やら何やらを叩き込まれて育つ、というのはお約束だ。

そう思って彼を観察すると、一つ一つの所作でも私みたいな一般人とは格が違う。

私はあんな綺麗に箸を持てない。

タイミングがよかったのか、部屋に案内されてすぐに料理が運ばれてきた。

私も彼もだいぶ空腹だったらしく、
まだ箸しか置かれていなかったのにも拘らず戦闘態勢が完璧に整っていた。

料理は全部日本料理で、彼がわざわざ私のために選んでくれたそうだ。

確かに彼の予想通り、私は高級フレンチやらイタリアンやらは苦手なのだ。

高級感云々はどっちでもいい。

純粋に食べ慣れているもののほうが安心できる、と言いたい。

お金持ちに会うなんて想像してなかったし、私みたいな庶民の要望に従わせるような形になってしまったが大丈夫なのか、とかの疑問は食後に取っておこう。

ついでに今日見たものの整理もしてみてもいいかもしれない。

どうせ明日は私も強制参加なんだ。

聞けることは今の間に聞いて解決してしまうべきだと思う。

彼の捜査は私がドラマで観た感じのとは全然違ったから
今後の展開も予測がつけられないけど、決着自体はすぐにつくだろう。
余計な感情を挟まない分スムーズに進んでいるから。
だけど、どこか機械的な感覚に寒気を覚える。
人間特有の何かが欠けているような、そんな感じ。
真実に近づくことでこの感覚の正体にも近づけるなら、やっぱり私は……。
だんだん意識が遠くなっていく。
自分で思っていた以上にハードスケジュールだったということだろうか?
気がつかないうちに、私は意識を失っていた。

※

庶民だと言うからレベルを下げたのに、
今広げたばかりの布団の上で呑気に寝息をたてている女のテンションは上がる一方で、
さすがに苦笑いを零してしまった。
右手首につけている腕時計を見る。
時刻は午後十時にもなっていない。

余程仕事の疲れが溜まっていたのだろう。
捜査の最中に愚痴を言わなかったから、女の中で膨張を続けているに違いない。
なんて馬鹿な女なんだろう、と白橋は顔を歪める。
苦しいならそう言えばいい。
痛いならそう言えばいい。
一人きりでもないのに、
女は白橋を観察するか、現場で何かしらの反応をするぐらいしかしなかった。
「僕とは真逆ですね。
そういうところもとてもよく似ている……。
その細い首を絞めたくなるくらいに」
何度見比べてみたところで、白橋の脳内に居座り続けている存在と同じにはならない。
そう。
彼女はあのとき、彼が殺したのだから。
夢の世界に行っている女とよく似た、世界でただ一人と決めた人間を。
血に染まることは実に容易い。
誰でもいい。
誰か一人を殺めれば、それで血に濡れたという現実が人々の記憶に残るのだ。

たった一回と言えど、一人の命だけでなく人生から何から全て奪ったことになる。
命を奪う容易さは、反面笑えるくらい簡単に自身を破滅に追い込んでいく。
物事に良し悪しがあるのと同様に。
「シャワーでも浴びて、僕も寝ましょうか」
考えごとはいつでもできる。
しかし彼女と捜査紛いのことが許されるのは今だけ。
今しかできない経験。
その言葉はひどく魅力的で、恐ろしい魔力を持っているとわかっていた。
見ず知らずの相手ではないこともあったから白橋は女を巻き込んだのだ。
当然、一方的にだが。
女は何も知らない。
知っていなければならないことも、そうでないことも。
無知なのはある意味ありがたい。
中途半端に知られていても面倒なだけだ。
真実などというものは本当に知っていてほしい人間が知っていてくれさえすれば
それでいいのだから。
彼女が全ての真実に触れたとき、撃たれる覚悟はあるつもりだ。

過去を忘れる気など毛頭ないが、過去を悔いて死ぬ気もない。

生きていることが贖罪になるとも思わない。

自分にできるのは精々生きていると思い続けることぐらいだろう。

刑事を辞めたのだって、大事な存在を自身で壊した瞬間を見たくなかったからであり、
あの男を追うことに意味がないことを知ったからだ。

彼女にだけは触れさせてはならない一線を再確認し、やっと服を脱ぎにかかる。

普段からどこぞの式場にでも招かれたときのような服装をしているのだが、
礼服は見た目には格好よくてもあと始末が面倒だから、好まない人間が多い。

そうした格好以外をした経験がない白橋でもたまに煩わしく感じてしまうのだから、
その面倒さはお墨つきだ。

脱ぎにくい。

かっちりした服特有の問題と格闘してみるも、これがなかなかうまくいかない。

いつもは、と記憶を手繰りそうになって、眉間に久方ぶりの皺が刻まれる。

カッターシャツのボタンを留めるのも、ネクタイを締めるのも、タイピンをつけるのも、
全部……彼女の役割だった。

後悔する資格なんて自分にはない。

救いを求めても何も返ってこない。

あれだけ思い知らされただろう？
自分自身に問いかけても答えは見つからない。
それはそうだ。
何年経ったってこの答えが見つかる保証はどこにもないのだから。
躊躇っている時間が無駄だとよくわかっている。
だからこうして思考し続けているのだ。
矛盾しているように思えるかもしれないが、根本は同じ。
どうすれば、どうすればと何度も思考を重ねていなければ
自身が壊れることを本能的に理解しているから、自分で思考を止めることができない。
誰もがそうかどうかは判断しかねるが、
ここにいる白橋と女は間違いなくその理論に該当するだろう。
「あぁ、明日でもいいですかね」
疲れきった身体が欲しているのはシャワーで汗を流すことではなく、
自分の足元に敷かれている布団に横たわって思う存分睡眠を貪ることらしい。
欲望にとことん忠実なのははてさて人間の長所なのか短所なのか。
意識が完全に睡魔の手に渡るまで、白橋は思考し続けた。

第二章

朝日が眩しい。
窓にはカーテンがついていないのだから当然なのだろうが、眩しいものは眩しいのだ。
ましてや起き抜けの身体には刺激が強すぎる。
まだ動きたくないとのたまう身体を気力で動かし洗面所に足を向ける。
顔を洗えば目も覚めて、朝日なんてなんの脅威にも感じなくなるだろう。
思い立ったら即行動型の私は、洗面所の前に立ち二回顔を洗う。
ついでに歯も磨いておこうか。
あとで思い出しても面倒くさくなってやらない可能性が八割以上あるからだ。
駄目だとはわかっていてもやはり面倒は一つでも少ないほうが楽だと思うのは
どうにもならないわけで。
身体全体を満遍なく伸ばし、簡単なストレッチも完了。

毎朝これをやっておかないと少し屈むだけで腰が痛くなったりするのだ。
年齢的に若くても身体的に中年レベルになっているのは日頃の怠惰のせいだろう。
休日に怠けていると平日に全部返ってくるだなんて、
人間の身体は軟弱すぎるんじゃないか？
しかし怠惰に甘えてしまう私が言えることではない。
楽なほうに流されたいと思うのが本能なのかは知らないが、
それに逆らって自ら苦労に飛び込む人だっている。
つまり、私はありとあらゆるものに寄りかかって生きているだけで、
何一つ苦労したくないから、隣の誰かに苦労を押しつけている、ということ。
苦労したがる人間を冷めた目で見ている、最悪な人種なのだ。
改善策を講じてみたところで、
根本的な部分に変革が起こらない限り結果はないに等しい。
これ以上はやめよう。
言いわけを並べ立てるだけなら小さな子供だってできる。
私はもうそんな子供じゃないし、そこまで大人ってわけでもないが、
逃げないと決めたから。

「おはようございます。
珍しいですね」
考えごとの最中に話しかけられ、内心驚いた。
だが、それを態度に出せば長々と追及されるだろう。
表情にも態度にも出さずに、というのは難しい。
しかし、この場合は是が非でもやり遂げねばならない。
「何が？」
「いえ、世間の女性の起床時間はもっと遅いものなので。
貴女は普段から早起きなんですか？」
「そうだね、だいたいこんな感じかな」
平然とした態度を心がけた甲斐あって、追及は免れたようだ。
「なるほど。
では、朝食をいただきましょうか。
そのあとはチェックアウトをします」
「今日はどこ行くの？
って、教えてくれないんだったね」

「物分かりがよくて助かります。

あ、車は平気です？」

「うん、大丈夫。

乗り物で酔ったことないんだ〜」

「すごいですね」

「そんなに驚くこと？」

「まぁ僕の場合は初めて乗った車が悪かったと言いますか……」

何故だか白橋が明後日の方向を見つめている。

そんなに悲惨な体験だったのだろうか？

顔色も若干悪いような気もする。

「白橋君こそ大丈夫？」

「ご心配なく。

運転には慣れていますから」

「それも紳士の嗜みってやつ？」

「そんなところです」

白橋が運転できるというのは意外だ。

彼はお金持ちなのだから、

運転手つきの車に乗って後部座席で悠々と足でも組んでいるものだと思っていた。
無意識に偏見の目で彼を見ていたらしい。
根っからの庶民である私に植えつけられたお金持ちに対するイメージと
白橋はかけ離れているようだ。
今は一昔前と違って皆平等なのだから偏見を持つのは駄目だと言うが、
それでは何も解決しないと思う。
世論で解決するなら一昔前の人たちだってできたはずだ。
でもそれができないまま現在に残っているということは、
大衆の世論なんて解決策の一つにもならないということなのではないだろうか。
それに、教えられたままをただ鵜呑みにしているだけで
会ったこともない人々とわかり合えるなら誰も争ったりなどしない。
論点が微妙にズレているのだ。
本当に差別や偏見を無くそうと思うなら、
一人一人が自分の意志で向き合わなければならないだろう。
誰かから言われただけで理解できるわけがないのだから。
遠い世界を垣間見ているような感覚のままでは誰ともわかり合えないし、
向き合うこともできない。

逃げる、立ち向かう以前に私たちはそんな問題すら見ようとしていないのだ。
問題の内容を何度掘り返してみたって解決には繋がらない。
輪郭をなぞっても中身に触れなければわからないのと同じだ。
スタートラインに立つ。
まずはそこからだ。
今必要なのは中身のない知識ではなく、経験。
差別や偏見を受けている人々がいることを知るのはもう充分だ。
もっといるはずだ、と探すだけでは意味がない。
先を進むだけでは体力を無駄に浪費するだけ。
実際にそういう人々に会い、同じ目線になって物事を無理に捉えようとせず、
違うものは違うとぶつけ合うこと。
簡単なようで最も難しいことだ。
同じ目線で、なんて大した侮辱だ。
上から物を言っているように聞こえてしまう。
だから違うものは違うと言い合えばいい。
ときには殴り合ったっていい。
お互いに納得がいくまでそれを重ねればいい。

何故同じにならなければならない？

私たちはどうやったって違う生き物だ。

カテゴリーが同じだからと言って
強引に型に嵌めているだけでは進歩することは不可能なのだ。

ならお互いが違う生き物だとわかった上で差別や偏見を無くしていけばいいだけの話だ。

私的には「差別」や「偏見」といった言葉があることも問題の原因のような気がする。

そういった言葉ではなく、
お互いに自分とは別の人間なのだと知っているだけで充分ではないのか？

なんでもかんでも言葉で当てはめたがる理由がわからない。

「考えごとは終わりましたか？」

「うん。

　でも、結局わかんなかったよ」

「それでいいんじゃないですか？」

「なんで？」

「すぐに答えを出してしまうのは早計です。

　何度も思考を重ね続けていくことに意味があると思いますよ？」

「思考を重ね続ける、かぁ。
なんか途方もない話だね」
「だから意味があると言ったんですよ。
答えを見つけた瞬間、それに対する関心も失せてしまいますからね。
答えなんていくつもあったほうがいいものなんです」
「それもそうかも」
彼の言うことには納得できた。
確かに、答えは絶対に一つでなければならないという決まりはない。
私は私なりに思考を重ね続けていけばいいんだ。
山盛りのサラダをかきこみ、私たちは朝食を終えた。
まさか変な考えごとの迷宮を彷徨っている間に
一時間も経っていたとは思わなかったけれど。
すぐに戻ってくる、と言って走っていってしまった白橋を待ちながら
ぼんやり空を眺める。
今日は今年一番の安定した気温と気候だそうで、人の行き交いも多い。
車は楽だが、渋滞に巻き込まれてしまえばただの密室空間である。
この歳で独り身ともなれば車を持っていたほうが都合がいいのはわかっている。

しかし、閉じ込められるのは苦手だ。
狭い空間に押し込められる不快感はそう何度も味わいたいものではない。
「お待たせしました」
本当になんでもできる男だ。
内心とても感心しつつ、助手席のドアを開けて待つ白橋の手を取る。
ここは日本だっただろうか？
ふいにそんな疑問を持ってしまうぐらい彼のエスコートが外国チックだった。
どこぞのお姫様でもあるまいし放っておいてくれたら勝手に乗り込んだのだが。
別段断る理由もなかったからつい手を取ってしまったが、次からは気をつけよう。
助手席から見る景色と後部座席から見る景色はまるっきり違っていて、
年甲斐もなくワクワクしてしまった。
隣を見ると、彼は無言で前を見つめている。
運転にはやはり集中力がいるのだろう。
うっかり、などと言ってよそ見などしようものなら事故を引き起こしかねない。
たとえそれが急に目の前にバイクが飛び出してきたからとか、
ゆーっくりフラフラ走る自転車が道を阻んだとか、
原因が明確であっても、車のほうが罪に問われる確率が高い。

車は便利。

だからこそ落とし穴もある、ということだ。

物事の良し悪しのバランスはうまい具合に平行にできている。

悪くないと誰もが言ったとしても、法という絶対が許さない。

法がなければこんな風に毎日を過ごすことも危うい。

それでも納得ができない箇所もある。

なんでも鵜呑みにしてしまえるほど子供でもなくなったということなのだろう。

守られていることを当たり前のことだと勘違いしている人間が溢れているこの世の中で、
法律は最悪な守護者と言える。

自分で生きることをしないなんて大した贅沢だ。

そんな人間は長生きできても、あの子のように純粋で馬鹿な人間は早死する。

間違っているとか、正しいとかわからないけど、納得するのだけは嫌だ。

法律があってなくなった理不尽もあれば、法律があるからこそ生まれた理不尽もある。

こればっかりは物事には良し悪しがあるから、では頷けない。

なんで、どうして。

何度吐き出してみたところで現実は何も変わらない。

ドラマのように、皆揃ってハッピーエンドになるようにはできていないのだ。

現実はそんなものだと言ってしまえばそれまでなのかもしれないが。
言いわけだけをズラズラと並べ立てるだけなら誰にでもできる。
思考を重ね続ける。
白橋はそう言った。
答えが一つじゃないならゴールだってどこにもないことになる。
なら、それはいつまで続けていればいい？
どこで終わればいい？
ますますわからない。
そこまで難しく考えることもないだろうに、何故か迷宮に迷い込んでしまっている。
相当懲りないのか、もしくはただの物好きか。
どちらにせよ、これに関してはまだ結論を出すには早い。
私が思考を中断するのとほぼ同じタイミングで、目的地らしき場所に着いた。
「さて、ここにいてくだされればいいんですが」
「誰か知り合いでもいるの？」
「昔の馴染みです。
あまり仲はよくないんですけど」
「だったら、話聞いてくれないいんじゃない？」

「それはないですよ。

彼は仕事に私情を挟むのを好まない人ですから」

「同族嫌悪か……」

「何か言いましたか？」

「なんでもございませーん」

「でしたら、中に入らせてもらいましょう」

車を近くの物置スペース的な場所に駐車して、私たちはとある居酒屋に入る。

ここに白橋の昔馴染みがいるらしい。

個人的にものすごーく興味がある。

なんせこの思考からして謎な彼と真っ向からつき合える人間なのだ。

興味を持つなというほうが無理な話だ。

「おう、あんちゃんじゃねぇか。
そっちは……なーんだなんだぁ？
やっとあんちゃんも身を固める気になったのかい？
アレのあと、もう女は視界に入れないとか言い張ってたから、
こっちゃあ心配してたんだぜ？」

「宣李(センリ)さん、その話、今はしないでくれませんか？　彼女にはまだ話せないので」

「お、そりゃすまん」

「いえ、いきなり来ておいて宣李さんを責めるなんてできないですよ。それより、彼はいますか？」

「おぉ、いるぜ。今日は大変だなぁ、アイツも」

「何かあったんですか？」

「いや、あんちゃんたちで二組目なんだよ、アイツの客人」

「一組目というのは、二人組の女性ではありませんでした？」

「そうだ。ま、これ以上は教えらんねぇがな」

「充分ですよ。お待たせしました。行きましょう」

「え、うん」

忘れられていたのかと思ったらそうでもなかったようだ。

生粋のジェントルマンの本領発揮、か。
生憎、そんなところでドキドキできるほど乙女じゃないけど。
それにしても広い居酒屋だ。
外観は、失礼だがボロかったと思う。
でも中はそんな感じはなくて。
この気持ちを言葉にするのは私には無理だろう。
一番奥の部屋の襖を、白橋が躊躇なく開け放つ。
中にいた人物も僅かに驚いたようで、目も口も開いたままだ。
「失礼しますよ」
「お、お邪魔します」
「お前なー……。
誰が開けていいーって言ったんだよ。
ってか、刑事辞めたとか言ってなかったかー?」
「ええ、刑事は辞めましたよ。
ですが、あのときの気持ちが変わったわけではありませんから」
「あ、そー。
んで、そっちは誰だ?」

「彼女は今調べている事件の重要参考人、ということにしています」

「いや、そこらへんは別にいーんだけどな。

用件はコレだろー?」

「はい。

相変わらず察しはいいですね」

「アンタは相変わらずヤな奴だなー」

「褒め言葉ですよ。

コレはもらっていきます。

あと、もう一つ」

「なんだよ」

「彼女たちは何ですか?」

「アンタにゃぜってー教えねーよ」

「期待通りの答えをありがとうございます」

平淡な声の応酬が飛び交う中、私は相手の男の観察に勤しんでいた。

会話に入っても得られる情報は少なそうだったし、
何より、私よりも確実に若いこの男は私に対して異常なほど警戒している。

下手なことを言って刺激するのは逆効果。

ことわざで言うところの、「君子危うきに近寄らず」ということだ。

私との身長差が軽く十五センチはある白橋の背中に隠れてこそこそと男の様子を観察してみた結果、
白橋も変わっているがこの男もひけを取らないことがわかった。

微かに見えるパソコン画面に映っている膨大な量のデータが全てを物語っている。

歳が同じぐらいだろうと、所詮あかの他人同士。

知らないことだらけだ。

今までも、これからも。

友人と他人の境界線が見えてきた。

友人なら、他人なら、どこまでしてもいいのか。

尤も、彼らはそれに該当しないようだが。

用は済んだ。

白橋はともかく、歓迎されていない邪魔者は外に避難でもしていよう。

そっと白橋から離れ、音をなるべく立てないように細心の注意を払って戸を閉める。

明日にはお別れしている可能性があるとしても、
踏み込んでほしくない場所に踏み込んでみようとは思わない。

それにしても、まさか平々凡々な私が事件解決のために捜査をするハメになるとは。
予想外というか、全く先の人生を思考していなかったというか。
自責だけが私の全てだったのに、今は違う。
よくも悪くも白橋のおかげだ。
この結末がどう転んだとしても、きっと私は後悔しない。

※

「女性に気を遣わせてしまうとは。
それに、彼女に警戒心を向けるのは筋違いです」
「そんなん知るか。
俺が他人嫌いなの知ってるだろー」
「充分すぎるほど知ってます。
僕はこの事件を解決してみせますので、貴方は貴方の事件を解決してくださいね」
「お前の指図は受けねーよ。
俺が誰かの指図を受けるとしたら、あの人だけだ」

「それも知ってますよ。

　言ってみただけです」

嘘笑いを見せつけ、白橋は男に背を向ける。

徹底して紳士とは何かを叩き込まれてきた彼の辞書に「女性を待たせる」という言葉は載っていない。

だから、足を忙しなく動かす。

彼女は仮に白橋が遅かったとしても文句は言わないだろう。

逆に彼が遅れてきた理由を考える。

読み慣れた行動を何通りも推測しながら、車のボンネットにもたれかかる女に近づく。

「お待たせしました。

　次の場所に行きましょう」

「まだあるの⁉」

「そう言わないでください。

　大丈夫です、次で最後ですから」

これは嘘じゃない。

次の場所には白橋が知りたい情報が揃っているのだ。

だったら何故最初からそこに行かなかったのか？

特にこれといった理由はない。

久しぶりに彼の顔を見たくなっただけなのかもしれない。

見上げてくる視線から顔を背け、助手席のドアを開ける。

何も聞いてこない女を若干不審に思うも、深く追及はしない。

おそらく本人も理解しきれていないだろうから。

青い果実は熟すまで待ってみるべきだ。

そうすれば思わぬ結果を実らせてくれる。

期待するのはタダなのだからいくらでも期待させてもらえばいい。

こちらが望む以上の結果が出ればよし、それ以下だったとしても楽しめるものにはなる。

初めて女に会ったときから白橋は直感していた。

この女は、他の人間にはない「何か」がある、と。

顔を知っていたのは本当に偶然だ。

運命はつくづく面倒なもので、知っている人間相手でもマスクを被らなければならない。

矛盾している内心を探らせないように、わざとらしくブレーキを勢いよく踏み込んだ。

案の定、顔面から突っ込みかけているのが視界の端に映る。

これでしばらくは違う方向に思考をしてくれるだろう。

まだ駄目だ。

もう少しあとになってから存分に考えてもらおう。
今踏み込まれたら間違いなく醜態を晒す。
感情に自分を支配される。
人間は他人に対しては強がったりごまかしたりできても、自分相手には弱いものだ。
自分で自分を追い詰める容易さは嫌というほど知っている。
ハンドルを握る両手に力が篭るのを隠すように、助手席の女に声をかける。
「すいません、加減がわからず踏み込みすぎてしまいました。
怪我はありませんか？」
「う、うん。
結構ビックリしたけど。
でも白橋君もそういうミスするんだね」
「どういう意味です？」
「なんかミスとかしなさそうなイメージがあるからね」
「そうですか。
期待に応えられず、申しわけないです」
「あ、いや、白橋君は悪くないよ？
単に私が勝手なイメージ持ってただけだし」

女のこういうところが苦手なのだ。
妙に鋭いくせに微妙な位置で足を止める。
踏み込むか、踏み込まないのか、どっちかにしてほしい。
中途半端は好きでも嫌いでもないが気分が悪くなる。
マズイことになりそうだ。
自制できているうちはいいが、
このままいけば確実に本性をさらけ出してしまうだろう。
と言っても、今の白橋も白橋だ。
人間にはいろんな面がある。
ただ、彼の場合はそれが別の人格として成り立ってしまっているだけだ。
昔の教育方針がアレだったせいで。
型にはめ込んだ性格。
大いに結構だ。
だが、それは内々で勝手にやればいい。
他の誰か、しかも身内に自分の理想を押しつけるのは虫唾が走る行為である。
自分と似たような境遇にいる人間が目の前に現れたとしても同情などしないが。
彼自身も不快だったからだ。

哀れんだような目が。

可哀想にと思いながらも口には出せないと訴えるように噤まれた口が。

不愉快としか言いようがなかった。

この時代の子供はずる賢い。

そうでなくては生きていけないから。

親だろうが他人だろうが分け隔てなく接しているように見えて、
その実、演じているのだ。

誰からもよく見られる自分を。

あくまで自然に、違和感など感じさせない程度のさり気なさで。

だから大人が苦々しい顔をする資格などない。

そうなった結果を生んだのが自分たちだなんて冗談じゃない。

生き方を選んだのはその人間であって、よそ者が安易に踏み込んでもいい場所ではない。

子供のためだとか、大切な人のためだとか、お涙頂戴の茶番だ。

慈善事業をしてみたところで何が変わるわけでもないだろう。

繰り返すだけじゃないか。

少し違うだけで、結局繰り返すことしかできない。

世界はそうやって回っている。

白橋は憎かった。

自分を産んだ母親も、何もしない父親も、ニコニコ笑っているだけの祖父母も。

何もわかっていない。

だったらここにいても意味はない。

彼が刑事になったのは、都合がよかったからだ。

常に事件の絶えないこの国で刑事になるということは、イコール自分の一生を一気に消費できるのと同義だと思っていた。

自殺するのはつまらない。

ここまで生きてきたのに意味がなかったとしても、憎たらしいあの一家のせいで自分の人生を終えてしまうのは気に入らなかった、というのもある。

その考えは今も変わっていない。

が、一つだけ変わったことがある。

物の見方だ。

人間観察から思考の組み立て方に至るまで見事にひっくり返された。

警察本部とは別に存在する、〝特課〟。

その部署を立ち上げた男、栖峨維人（セイガイト）によって。

これまで会ったどの人間よりも奇抜で、頭がよく、そして何よりおかしかった。
彼ほど常識という言葉が似合わない人間はいないんじゃないか、と本気で思う。
しかし、あの男の言葉が信頼に足るものだったのも間違いない。
あの男の周囲に人間が集まるのはそれが原因だろう。
会わなければならない。
意見を聞きたいわけではない。
久しぶりに見たくなったのだ。
居酒屋で奴に会ってしまったのは失敗だった。
奴の顔を見なければ栖峨を思い出すこともなかった。
それでも、たまにはいい。
栖峨との思い出に思考を任せている間に、
確かにあったはずの苛立ちはすっかり消え失せていたから。
「機嫌よさそうだけど、何かいいことでもあったの？」
「まぁそんなところですかね。
　刑事だった頃のことを少し思い出していたんですよ」
「そうなんだ。
　どんな感じだったの？」

「どんな感じ、とは？」

「えーっと、雰囲気とか」

「そうですね……。楽しかったんじゃないですか、それなりに」

「自分のことなのに疑問形なんだ」

「残念なことにはっきりとは思い出せないもので」

「あ、そっか。昔のことをそこまではっきりと覚えてるほうが珍しいもんね」

「そうですよ」

もっと突っ込んで聞いてくると思って用意した逃げ道だったが、使わずに終わってしまった。

思考が読めない女は好きじゃない。

愚かしいほど従順で単純なタイプだったらよかったのに。

扱いやすい人間のほうがいざとなったときに切り捨てやすい。

隣の女はそうなったとき、大人しくするどころか容赦なくこちらに噛みついてきそうだ。

従うこと自体嫌いそうな女が白橋についてきているのは

彼が真実を知りたくないかと持ちかけたからであって命じたわけではないし、頼んだわけでもない。

掴めない内面を手探りしつつつき合わなければならないことはすでに決定事項。

彼がどう足掻いてもどうにもならない難題である。

それがやけに腹立たしくて。

と思っていたら、焦点が合った視界の先には何十台と並ぶ車の行列が。

渋滞、というやつだ。

つい舌打ちしてしまったのは完全に不可抗力だ。

まだ刑事になり立てだった頃はこんな渋滞でも関係なく右に左に忙しなくハンドルを切っていたが、
それは隣に座っていたのがなんでもアリの栖峨で、
白橋の無茶をなんだかんだカバーしてくれたからだ。

対して今隣に座っているのは、ただの会社員の女。

比べるのも失礼だと思う。

違和感に対する苛立ちで、本性が出るか出ないかのギリギリラインに立たされている。

ようやくその違和感の正体がわかった。

彼の違和感の正体は、この女。

昨日、今日と調子が悪かったのもこの女のせいに違いない。
納得できる結論に至った途端、さらに女に対する苛立ちが増してきた。
「すごい行列だね。
今日何かイベントあったかな?」
「はぁ?
アンタ馬鹿?
んなわけないだろ。
この道は警察本部に行く近道なんだよ。
つまり、このクソ長い行列は全部警察関係者か、警察に用がある人間ってことだ。
理解できたか、馬鹿女」
ぽかーんと口を開けて阿呆面をかましている女。
やってしまったあとに気づいてももう遅い。
さて、どうやってごまかすか。
いっそこれが本性だとバラしてもいいのだが、
向こうも態度を変えてこられたらかなり捜査が面倒になる。
あれこれ考えてみたところで何も変わらないのが現実というもので。
胸中で長い息を吐き、女の顔を正面から見つめる。

理解力が低くとも説明する以外に道はないらしい。
ひと呼吸置き、平淡な声音で話す。
「今のは誰にも言わないでくださいね。
普段のこの口調が演技というわけでもありませんし、先程のも演技ではありません。
どちらも僕です」
「それはなんとなくわかってたよ。
いきなりだったからちょっとビックリしちゃって。
それに、機嫌損ねちゃったのは私が悪いんだし」
「機嫌は関係ないですよ」
「？」
「僕は他人に対して感情を表さないようにしているんです。
だからこうして地が出たりするだけです。
貴女は何も悪くないですよ」
同僚によく言われた「似非紳士スマイル」で女を気遣う。
しかし女の反応は予想外の方向にいった。

「白橋君ってすぐに作り笑いするよね。
どうしてかは聞かないけど、あんまりやらないほうがいいと思うよ？
自分もその相手も……辛いだけだから」
理解できない。
普通嘘をつかれたら泣くなり怒るなりするだろう。
女はそのどちらでもなく悲しげな顔で彼の頬に触れただけ。
覚えがある。
半分閉じられた瞳。
泣きたくても泣けないのだと言いたげなそれは彼女にひどく似ていて。
やはり危険だと脳内が警鐘を鳴らす。
踏み込ませずに、かつ事件を解決する。
そう決めたはずが、まだ序盤にして放棄してしまいそうだ。
「離せ……」
「ご、めん」
聞こえるか聞こえないかという声で言うのが精一杯。
全く、自分はどうしてしまったというのか。
自分で自分を満足に扱えない。

小さな子供以下だ。

刑事になって最初に教えられたのが、「自分を研究し、観察すること」だったのに、その初歩すらできない。

言いわけするつもりはないし、できるわけもない。

彼に会ったらまず気合を入れ直してもらおう。

気持ちを切り替えることで現状から逃げた彼は、やっと動き出した前方の車についていく。

ここまで来れば〝特課〟は目と鼻の先だ。

〝特課〟ができる前に刑事を辞めた白橋が〝特課〟の存在を知っているのは、六年前のあのときに彼を助けたのが栖峨で、直後に〝特課〟に来ないかと誘われたから、だ。

悩む余裕もなかった彼の返答は「ＮＯ」だったが、今もう一度誘われたら首を縦に振る。

これは絶対だ。

自分の選択を後悔したのなんてあれだけなんだから。

ひとまず女は放っておく。

優先順位を間違えたくはない。

決めてから実行までそれほど時間はかけない主義だ。

生来無駄を嫌う彼だからこその性分、とも言える。
モヤモヤした感情を押しつぶし、白橋は前に進むためにアクセルを強く踏み込んだ。

※

白橋は私に何かを隠している。
数秒前に明かされた本性も、刑事時代のことも。
他人だから隠している、というわけではなく、私相手だから隠しているような。
推測は自由だ。
真実をいくらでも作り変えてしまう。
友人を失うことになった六年前の事件だってそう。
犯人の目撃情報も凶器もわからずじまい。
不自然な点はいくつもあったはずなのに、彼らはそれに対しては言葉を濁した。
被害者の関係者である私には話せない事実がなんなのか。
それをわからないフリができる歳ではなかった。
今もそれと同じだ。
知りたいけど、触れられない。

彼が纏う雰囲気が、私を踏み込ませないようにと壁を作っている。
そんなことをしなくても無闇に踏み込んだりなどしないのに。
あからさまな警戒に、身体の震えを抑えきれない。
季節が冬じゃなかったら感づかれていただろう。
今は私を気にしている余裕はなさそうだけど。
引っかかるワードすら見当もつかないのに踏み込めるものか。
それにしても、白橋は今更警察本部になんの用があるのだろう？
失望したから刑事を辞めたと言っていたことも踏まえるとやはり合点がいかない。
私にはわかりえないような思考が彼の脳内で展開されているのか、
それとも私が彼に怯えてしまっているのか。
どちらでもあり、どちらでもない、という答えが一番しっくりくる気がした。
窓の外に目を向けてみる。
行列を成している車以外はビルしか見えない。
高層ビルだらけだ。
人が増えれば自然と建築物も増える。
自然保護がどうとか言っていても、こうして矛盾は生じてくる。
無駄に背が高い建物のせいで満足に空の色も窺えない。

矛盾、矛盾、矛盾。

いつの時代も消えずに残る、不愉快な罪の跡。

面倒な話ではあるが、それを解決できなければ私たちの世界は壊れていくだろう。

今すぐに、到底解けるとは思えない問題を見つけてしまった。

ため息を零し、警察の敬礼はどうやってやるんだったか、と思考を転換させる。

強引すぎるが、こうでもしないと精神的に持たない、と無意識な自衛本能が働いたのだ。

利き手でこう……と、これまた無意識にイメージを実現していたら、
タイミング悪く停車してしまい、私を見る白橋とばっちり目があった。

どんな反応が返ってくるのか、と身構える。
しかし、彼は私があり得ないと切り捨てた選択肢を迷いなく選んできた。
笑ったのだ。
さっきまでの彼なら怒るだろうと踏んでいた私としては予想外すぎて言葉も出ない。
プチパニックに陥ると我を忘れてしまう性質が災いし、
気がついたときにはすっかり疲れきった顔の白橋と、
何故か彼に寄りかかって眠っている自分の様子がサイドミラーに映っていた。

※

間近で見ると相当デカイ建物だ、と内心で呟く。

口には出さないように、細心の注意を払って。

同じ轍を踏むほど馬鹿じゃないのだ。

思ったことをなんでも口に出すとろくな目に遭わない。

危機的状況への対応策に対してのみ学習能力をいかんなく発揮する自分を褒めたくなる。

何をしに来たのかは知らないが大人しくしていよう。

ここは警察。

今は重要参考人ということになっているけど、本来はただの一般人だ。

うっかり地雷を踏もうものなら問答無用で牢に放り込まれるだろう。

それだけは勘弁してほしい。

自分の命が惜しいとかではなく、単にこれ以上目立ちたくないだけだ。

野次馬の中にもお節介、というか余計な茶々を入れたがる人間がいるようで、ニュースでも若干取り上げられていたらしい。

チェックアウトするときに女将さんが心配そうに教えてくれた。

勝手に自分の顔をメディアに晒されたのだと思うとなんとも言えない気分になる。
だからといってやたらと騒ぎ立てるのは好かない。
と、思考に耽っているうちに白橋がいなくなっていた。
「なっ⁉
どこか行くなら言ってくれればいいのに！」
ここにいない人間に文句を言っても現状はどうにもならないわけで。
私はとりあえず周りを見回し、彼が行きそうな場所を探してみる。
が、たかが一日と少し一緒にいた程度で彼の行動パターンを見抜けるはずがない。
完全に迷子だ。
四方八方を建物に囲まれ、静かに途方に暮れる。
道を尋ねようにも、極度の他人嫌いな私には困難すぎるハードルだ。
こんなことなら電話番号かメールアドレスを聞いておくべきだった。
今更な話だが、彼のケータイと私のケータイの機種はなんの偶然か全く同じで、
微妙な顔になってしまった。
くだらないことに思考を割いている場合ではない。

そんな時に限って、人間は余計なことを考えたくなるものなのか、
私の脳内はどうでもいい話でいっぱいいっぱい。
飽和状態もいいところだ。
自分同士の戦いが始まって、早十五分。
やっと決着がつき、目の前を通り過ぎようとしていた男を呼び止めた。
「あの、背が高くて、フレームなしの眼鏡かけてる男の人見ませんでしたか？」
「あぁ、アイツの言ってた連れって君のことか。
それならこっちにどうぞ」
「え？
白橋君の知り合いなんですか？」
「ま、今はそんな感じかな？
これでも昔は、アイツの上司だったりしたんだが」
「ってことは……」
刑事時代の関係者に会ってしまうとは完全に予想外だ。
反応に困る。
白橋がいない今、自分が男と会話を成立させなければ面倒なことになる。
そうなったら次こそ彼に怒鳴られてしまうだろう。

当たり障りのない言葉を返せるかどうかも怪しいというのに本当に困った。
よく「会話のキャッチボール」などと表現するが、
私は精々とろいストレートしか投げられない。
この男次第、ということだ。
相手を男だと認識して話すのはこれが初めてであるが、
やらなければ状況を打破することは不可能。
だったらやってやろうじゃないか。
状況を作り出したのは自分なわけだし、始末をつけるのもまた自分であるべきだ。
「私、香藤紗奈っていいます。
えっと、貴方の名前は？」
「礼儀正しい子だなぁ。
俺は栖峨維人。
あそこにある〝特課〟のトップをやってる。
って言っても、俺はほとんど何もしないけどな」
はっはっは、と恥ずかしげもなく笑っている栖峨を見ていると、
あれだけ警戒していた自分が少々哀れに思えてくる。

「ん？

不安そうな顔してるな。

どうかした？」

「べ、別にどうもしないでございますですよ？」

「噛みまくってるし」

何故だろう？

栖峨にツッコまれると言い表しようのない敗北感がこみ上げてくる。

が、ここで会話を中断させてしまうと話しかけた労力と努力がムダになってしまう。

バレないように深呼吸して、何気ない話を振ってみる。

「栖峨さんはいつから刑事をやってるんですか？」

「そうだなぁ……。

気がついたらこうなってたって感じだから、正直覚えてない」

「それって大丈夫なんですか」

「さぁ？

でも大事なのは今だろ？

俺は今の状況に満足してる。

だから過去とか未来とかどうでもいいんだよ」

私とは正反対の人だ。

過去の残像に縛られて自分自身を追い詰めるしかできない私とは違う。

過去も未来もどうでもいい。

そんな言葉、きっと一生言わない。

現状のどこに満足すればいいのかもわからないのに。

正反対だからこそ、この男を知りたいと思った。

自分とかけ離れた人間と関わることで、自分では決して見えない内面の改革ができる予感がするから。

無意識にだが、私は白橋と会ってからずっと「変わりたい」と思っていたようだ。

知らない自分を見つけるのは困難だ。

どうしても見たくないと目を逸らしてしまうから。

自己愛がない人間はまずいない。

誰もが自分自身を愛している。

それが共通の方法でなくとも、独自の方法で自分を大事にしている。

本能にそう刻まれてしまっているのだろう。

だから危機的状況に陥ったとき、人間は第一に自分の身の安全を図るのだ。

たまに家族や恋人を庇う人間がいるが、あれも自己愛の延長と言える。何故なら、自分にとって大事な人間を守るということは己の精神状態を守ることでもあるからだ。

他人のことだけを考えるなど天と地がひっくり返ったってあり得ない。つくづく身勝手な生き物だ。

「何を考え込んでるんだ？」

「きゃあ⁉」

「お、すまんすまん。驚かせるつもりはなかったんだがなぁ」

「い、いえ！　私が悪いですから‼」

至近距離で顔を覗き込まれている現状なわけだが、だいぶキツイ。間近で見なくとも整った顔をしているのに何故に自覚がないのか。

「君、面白いな」

「あ、りがとうございます？」

疑問形になってしまったのは仕方がない。
と、つまらない問答をしている間に到着していた。
「さ、ここが〝特課〟だ。
入っていいよ」
「失礼します」
恐る恐る中に入る。
想像していたものとは違いそれなりに整頓されていて、
警察というイメージが湧かない。
こんなことはとても本人には言えないが。
デスクが三つしかないのは、栖峨がもう人を増やすつもりがないからだろう。
人がたくさんいるからすごい、という法則をぶち壊した感じだ。
少し会話しただけだが、栖峨維人がまともな人間じゃないことはよく理解できた。
いろいろな意味で。
常識が全て通じないし、独自の理論を持っている。
ある意味すごい。
白橋の様子を見た限りでは、
警察はテレビやドラマで見るような綺麗なものではなさそうだった。

失礼かもしれないが、栖峨が刑事と言っても信用に欠ける。
彼がどうというわけではなく、イメージや先入観の問題だ。
言い換えれば、私の一方的な評価である。
だからこれも口には出さない。
他人に対する評価を易々と本人に言うべきではないから。
それに、人が人を評価する行為自体嫌いなのだ。
同じ人間同士なのに、なんで上や下を決めるような真似をするのか。
理解に苦しむ。
思考を進めつつ、白橋の姿を探す。
彼は頼りない印象を纏っているので視界に入ればすぐに見つけられるはずだ。
「なぁ、一つ聞いてもいいかな」
「何ですか？」
「君はアイツのことをどこまで知ってる？」
「……いいえ。
彼は私を拒んでますから」
「なるほどなぁ。
やっぱりその癖は抜けてなかったか」

「癖？」

「ああ。最初に言っとくが、君は何も悪くない。ただ、アイツが他人を信用しないだけだ。信用しない、というより、信用できないって言うべきか」

「信用できない……」

「そう。アイツは昔、ちょっとあってな。すっかり他人を踏み込ませないようになったんだ」

「……」

何も言えなかった。

彼に感情移入したからじゃない。

私に似すぎている、と思うと怖くなったのだ。

あそこで白橋と対面したときに感じたのは気のせいではなかったらしい。

自分と似ているから、近づきたくなかった。

無意識にそう感じてしまっていたのだろう。

同族嫌悪とは若干異なるが、そこまで違うわけでもない。

疑問が一つ消えた。
だったら、このまま彼といれば他の疑問も解決できるのではないだろうか？
栖峨維人という男を見誤っていたかもしれない。
油断のならない男だ。
このタイミングで白橋の話を振ってくるあたりが。
「お二人共、こんなところで何をしているんです？」
「お前を探してたんだよ、この子が。
どうせ俺も戻ってくるつもりだったし、案内してたんだ。
はっはっは、すごいだろ。
褒めてもいいぞ？」
「はぁ……。
手間をかけさせてしまって申しわけないですが、余計なことは言わないでください」
「それは無理だな。
俺はお人好しなんだよ、実は」
「知ってますよ」
呆れながらため息を吐く白橋だが、表情はうまく隠している。
私に対しての予防線のつもりだろう。

そんなことをしなくても、

表情から何かを読み取るなんて高度な技を使えるわけないのに。

疑念は嫌悪よりも人を苦しめるものだ。

嫌悪はもう自分が嫌われているとわかっているから逆に開き直れる。

だが、疑念は違う。

その人間の気が済むまで延々と一挙一動を疑われ続けるのだ。

精神が崩壊しかねない、と言っても過言ではないだろう。

人の疑いは底がないから厄介だ。

私だって他人を信用しようと思ってもできないタイプだから、

理解を拒みたくなるぐらい知っている。

「話したいことがあって来たんですが、栖峨さんも事件の捜査ですか？」

「まぁな。

お前が調べてるやつの別件、って言ったらわかるか？」

「ええ、そうだろうとは思っていましたから。

それで、六年前の大量殺人事件の資料はまだ残ってます？」

「それなら本部の資料室のほうにあったはずだ。

なんなら継堂に確認させてもいいぞ」

「結構。
あの人は嫌いなので」
「そこも相変わらずなわけか。
っと、そろそろ呼び出しされる気がするから、俺はこれで失礼するか」
「急におしかけて来たのは僕のほうですから。
また来ます」
「おー。
そっちのお嬢ちゃんも一緒に、な」
「……了解しました」
他愛ない会話のようで、実際はお互いの腹の探り合い。
これが大人の世界。
疑い合って、ごまかし合って、騙し合って。
常に誰かを泣かせながら回っている。
悲しみ、不幸をバラまく害のようだ。
人間はこれだからどうしようもない。
そうと知っていながら、解決できるわけがないと問題そのものから逃げるのも人間。
悪意は泥沼に似ている。

どこまでも沈んで、どす黒く染まって、二度と光を浴びることはなく。
醜いモノに塗れて生きていくしかできない。
そんな生き方しか知らないとでも言うように。
甘えているだけだ。
流されているだけだ。
自分自身を傷つけないために。
見たくない場所はよく見えるのに、見たいと望む場所ほど一ミリたりとも見えなくて。
世界は矛盾でできているのだと思った。
それが答えなのかはわからない。
でも、矛盾という言葉は当たっている気がする。
理由には興味がない。
重要なのはその結論に至るまでの過程。
誰に言われたわけでもないが、私の中の何かがそうだと肯定している。
遠ざかっていく背を追いかけなければならないことを思い出し、
我に返ってすぐに走り出した。

※

てっきり資料室とやらに行くのかと思っていたら、彼は近くの喫茶店に入ってしまった。

まさかとは思うが、この空気でティータイムがどうたらと言い出すつもりなのか。

「あとはチェックメイトをコールするだけです。

焦らなくてもいい」

「で、三時のおやつなの……?」

「おやつではないですよ。

ティータイムです」

「どっちでもいいような」

「よくないです。

いいですか、淑女たるものいつまでもそんな子供じみた言葉遣いでは通用しませんよ」

「私はどこぞの令嬢じゃないんだけど!」

「身分やら立場やらは関係ないです。

大切なのは、どんな相手に対しても礼儀を忘れないことです」

「礼儀なんて真面目にやったことないよ?」

「やったことがあろうとなかろうと、これから気をつけていけばいいだけの話です」

「白橋君って意外に強引なんだね」

「強引？

　僕が、ですか？」

「君以外に誰もいないでしょうが」

天然なのか、強引なのか。

また白橋の中身が見えてきた。

演技、という可能性もあるけれど。

彼の言う通り、礼儀は大切だと思う。

日本は元々そういったものを重んじてきた国だから、という思い込みもあるのだろう。

しかし、私も礼儀を全く知らないわけじゃない。

やろうと思えばできる、程度の認識レベルではあるが。

視点が違えば物の見え方も変わってくる。

簡単に言えばそういうことなのだろう。

「わかったよ。

　頑張って意識してみる」

「それでよろしい」

「で、また同じコーヒー飲むんだ……？」
「これ以外の銘柄のものは飲めないんですよ。
ですから、これが好きなわけではないです」
「へー」
非常にコメントしづらい。
好みがなんでも興味はないからそこまで深くは聞かなかったのに、
どうも逆効果だったらしい。
引きつる顔を紅茶のカップで隠す。
口元が隠れるだけでも人の表情は容易くごまかせる。
まぁ彼に対して使ったところで気休めにもならないのだが。
「捜査、どうするの？
栖峨さんは資料室に白橋君が知りたい情報がある、みたいなこと言ってたけど」
「そればかりは行ってみなければなんとも言えませんね。
ですが、なんとなく答えは見えてきました」
「もう⁉」
これがまともな捜査の手順なのかは判断できないから、
私のような一般人が偉そうに言えたことではないが、こんな調子で大丈夫なのか。

激しく不安だ。

しかし、他に思いつく方法もない。

素人なのだと改めて思い知らされる。

「貴女が気に病むことはないですよ。

　事件を一般人が解決、などということはドラマの中だけでしょう。

　プロだからどう、という話でもないですがね」

「そりゃそうだよね〜」

適当に相槌をうち、カップに口をつける。

天気がよく乾燥もしているせいか喉が渇いて仕方がない。

夏は終わったのにまだまだ暑い。

いい加減肌寒くなってきてもいいくらいだというのに、近頃の天候と気温はおかしい。

どれだけ水分をとってもだらだら流れる汗が止まらないからプラスマイナスゼロだ。

本当は冷たい飲み物が飲みたかった。

だが、またしても勝手に注文されていたのだ。

強引なところと引くところが反対じゃないのか。

人の基準はそれぞれだし、それ自体曖昧なものである。

が、今は関係ない。

「四時、か。

夏が終わったらホントに暗くなるの早いね」

「この時間帯が一番事件が起こりやすいそうですよ」

「そうなんだ〜。

知らなかった」

「警察はそういうものです。

都合の悪いことは簡単に隠蔽してしまう。

そして、都合のいいことだけをメディアに流させる」

「白橋君が刑事に失望した理由ってそれ？」

「どうでしょうか。
自分のことはよくわかりません」
「あはは、確かに」
自分のことだからなんでもわかる、なんてない。
生まれてから死ぬまで、
嫌でもつき合っていかなければならない「自分」という生き物は難しい。
掴んだと思ったら次の瞬間には手のひらからこぼれ落ちていく。

全部わかっていれば、この世に苦労という文字すらないだろう。

痛みも苦しみも味わわずに済んだ。

でも、わかっていると面白くなくなる。

何もかもつまらないものに成り下がる。

「ご馳走様」

「うん、ごちそうさま。

資料調べるのってどれぐらいかかるの？」

「大してかかりません。
四、五分あれば充分です」
「早っ！

白橋君ってそういうの得意とか？」

「別に得意不得意はないですよ。

やらなければならないから、やるだけです」

「すごいね」

「何がです？」

「いや、何ってわけじゃないんだけどさ。

私は書類整理とか嫌いだったから」

「ほぅ？
それは少し意外ですね」
「やっぱり？
私の見かけってデキる女みたいに見えるんだって」
「人の見かけで判断するのは人間だから、でしょう。
僕も、同じ……」
「白橋君？」
雰囲気がまた変わった。
彼はなんなのだろうか。
機嫌の上昇と下降が読めない。
ある程度パターンがあったりするものなのだが、白橋はそれに当てはまらない。

流れるように勘定を済ませ、颯爽と店を出る。
どこへ、と聞く必要はない。
目的地はわかりきっているし、
今の彼に話しかけるほど空気が読めない人間ではない。
それに、言わなくてもいいことだってある。

彼と一緒にいるとどんどん気遣い屋になっていく気がしてならないが。

これでいいんだ。

人との関係の形は何でもいい。

名前なんてなんの価値も持たない。

お互いがお互いを思い合えれば、それで充分。

言葉も、仕草も、反応もなくたっていい。

あの子だったらこんなときどうするだろう？

そんなことを考えながら。

※

警察の中に入るのは初めてだけど、さすがにこの光景は予想していなかった。

「資料タワー……」

「言い得て妙、ですね」

数分前にも誰かがここに来ていた痕跡が残っていた。

室内の机全部に所狭しと積み上げられた資料の山たちがそれを物語っている。

なんの情報を探しているのかは教えてくれないから手伝いようがない。

ということは、私の手助けはいらないってことで。

不必要に言葉を使いたくないのか、それとも防衛戦の一部なのか。

とりあえず目についた席に腰掛ける。

歩き回る白橋を観察しながらぼんやりと外を眺めた。

建物が邪魔で反射する橙の光しか見えない。

夕日が沈んでいくのも満足に見られない。

人が増えれば住むための場所も増えていく。

自然の摂理だ。

それに反して景色も埋もれていく。

かと思ったら、ニュースで環境問題がどうだとか好き放題言っている。

面倒くさいことはいくらでもある。

それを避けたいがために、人間は悪知恵を働かせて楽に走っていく。

苦労の味を知らなければ進歩は遠くなっていくだろう。

「どうしたらいいんだろ？」

何が、というわけではないが、ふと疑問に思ってみる。

当たり前のように働いているが、あんな中途半端な動機で就職が決まってしまったのだ。

これからどうしていくかのレールも敷けていない。

歩かされるままに歩いているだけで私の見つけたい答えが見つけられるのか。
別にどうでもいいものなら考えない。
まだ生きていたいと思っている、ということなのかもしれない。
あの子もそれを望んでいるのだろう。
私に生きてほしい、と。
手にかけたも同然の私に、生きてほしい、と。
罪を背負うのは口で言うほど簡単じゃないのに。
逃げないと決めたのは私。
逃げたいと望む私。
矛盾だけが積み上がっていく。
両脇にそびえ立っている資料の山も、そう。
崩そうと思っても崩せない、頑丈なものだ。
私は、ここからどうしていきたいのだろうか？
積み上がってきた山を見つめているだけなのか、
意地で登るのか、一角でも崩そうと足掻くのか。
後悔しない選択肢はどれなのか。
目に見えない答えを必死で手探りしている。

無駄だとわかっている足掻きを繰り返しているのだ。

先を考える余裕もない。

言いわけなのだ、結局は。

自分自身の心の声がどれも言いわけに聞こえてくる。

惨めだ。

辛酸を舐めさせられるたび、何故生きているのかと自分に問いかけて。

両親もいない、兄妹もいない、天涯孤独の道を歩かされて。

どうしたら、と思うだけ。

思考する能力もなかったら人形とそう変わらない。

「終わりましたよ、香藤さん」

「あ、うん！」

思考終了。

無理矢理中断させたからか、気持ちが悪い。

でも、彼の見解も聞いてみたい。

一人でも二人でも生まれてくる矛盾に、重いため息を吐く。

「大丈夫ですか？」

「どうして？」

「顔色が優れないようですので」

「そう？」

「また考えごとですか？」

「まぁそんな感じかな」

「そうですか。

　気をつけてください」

「……？」

「自分自身の思考に呑み込まれないように、ですよ」

「それって、何を気をつけたらいいいんだか」

「僕にはわかりません。

　貴女しかわかりえない答えでしょうから」

ヒントのつもりなのだろうか。

残念だが私には彼が何を伝えたいのか全然理解できない。

優しい人間なのか、ひねくれているのか。

難しいなぁ、と空を見上げる。

人間も、彼も、私も。

簡単に解ける問題なんて一つもない。

それでも、解かないと先に進めないままだ。

立ち止まっている時間が長すぎたから、足を向けたい方向もわからない。

勘で歩けるほど親切には作られていないのに。

ああ、キリがない。

頭が痛くなるばかりだ。

「大したことではないでしょう、その程度の問いなら」

「は？」

「貴女はその問いの答えを、すでに知っているはずですよ」

「な、何を根拠に⁉」

だって白橋君は私が何を考えてるのかもわかってないでしょ？」

「わかりませんよ。

では逆に聞きますけど、その問いは今考え続けていればわかるものですか？」

「そ、れは」

「なら、今は考えても意味がないということです」

言い切った彼の横顔があまりにも綺麗で。

私は言いかけた言葉を飲み込むしかなかった。

それ以上言葉を交わすこともなく、彼に手を引かれて車に乗り込んだ。

「もう一つ手を打っておきましょうか」

「何が？」

「今すぐにチェックメイトをかけてしまうのは簡単ですが、それではつまらないですからね。

　つき合ってもらえます？」

「聞かなくてもいいでしょ」

お互いにわかりきった答えを言うなんてくだらなすぎる。

くすくす、と笑い声を響かせて、眩しい光を照り返す赤い車体をゆっくり発車させた。

前に私が顔から突っ込んだのを覚えていてくれたのだろう。

運転も外面モードで、丁寧すぎるぐらい丁寧だった。

行き先の設定はしない。

彼に任せてみよう。

信用するわけじゃない。

初めはこれぐらいがちょうどいいのだ。

ようやく私たちの関係に輪郭が浮かび上がってきた。

さぁ、真実を見に行こうか。

※

「ここって、罪を犯した人とかがいるところだよね？
まさか……」
「察しがいいですね。
そう、ここの一番奥にいる男に用があるんです。
あぁ、そうでした」
「ど、どうしたの？」
「僕が合図をしたらなるべく僕から離れていてください。
彼は人間をまともに認識できないほうですから。
不用意に近づきすぎると殺されます」
「わかった。
言われなくても近づかないから、絶対」
白橋の口ぶりから推測しなくても、
まとわりついてくる空気が危険度を如実に表している。
いろいろとヤバイ系の人間がぞろぞろいるであろうこともなんとなくわかった。

気を抜いていたら簡単に呑まれてしまいそうだ。
いつまで正気を保っていられるだろう。
理性というストッパーを失った人間は何をするか予想もつかない。
私のように内側に溜めることしかできない人間は最も危険だ。
吐き出すことを少しでも実行できる場所や人がいるならそこに吐き出してしまえる。
が、吐き出すことを迷惑だとか、他人に自分のそういった部分を見せたくない人間は、
どうすればいいのかわからないままそれを溜め込んでいくしかない。
それはいつまでも続かない。
いつか爆発する。
恐れている以上の事態なんてほんの数秒で起こしてしまえるほどに。
大人だから、理性的に物事を捉えなければならない。
大人だから、しっかり自分の足で立って歩いていくのが当然。
そう教えられてきた。
洗脳か何かと同じ。
何度も言われているうちに無意識に刻まれ、
「そういうものなんだ」と一つも疑問を持たずに生きていく。

愚かすぎる。
私がどこに行こうが私の勝手だ。
だから、今も拭いきれない罪悪感も後悔も誰かのせいにしたりしない。
白橋はこれが言いたかったのだろう。
思考は重ねるだけではどうにもならないが、
別の出来事から思考を転換させていけば意識せずとも答えに近い位置に行ける。
思考そのものを全部やめろ、と言ったのではなく、
周りにも目を向けてみろ、と言いたかったのだ。
本当に、彼はわかりにくい。
短い時間の中でそこまで私を分析してきた人間はいなかった。
外見、話した感じで、人間が人間に名称を貼りつけていく。
下の欄にはその人間に対して、自分自身が抱いている評価が記されていて。
長かったり、短かったり、濃い字だったり、薄い字だったり。
今更なことでもたまに振り返ってみると面白いものだ。
後ろを見ながら歩いても先には進めない。
前だけ見ていても足元の小石につまずく。
片方だけでは何もできない。

自分という生き物も然り。
綺麗な部分だけでは、いずれ壊れる。
醜い部分だけでは自分が何者かも見えなくなる。
どちらもあるから生きていられるのだろう。
天秤に乗せられた重りが右に左に傾いて。
それを眺めては笑っていられるように。
「見たくなかっただけなんだよ。
たぶん、自分と向き合えなかったのは、
私が決めた〝私〟じゃなくなるのが怖かっただけ。
それならこれから見ていけばいい。
決めたよ、白橋君。
何も言いわけしない。
自分のどんなところも受け止めていきたい。
改めて、さ」
「口で言うのは簡単です。
言葉よりも行動で示してください。
こんなところで足踏みする程度の人間だった、なんて言わせないでくださいね」

「急に毒舌だよね、白橋君。

そっちが地でしょ」

「さぁ、どうでしょう？」

問答はここまで。

覚悟が決まると同時に、私たちは中へ足を踏み入れた。

肌寒い。

冷気が充満しているわけでもないのに、一歩足を踏み入れた瞬間から鳥肌が止まらない。

狂気、という言葉が頭に浮かんできた。

収監されている人間がどんなものなのか一般人の私にわかるはずもないが、相当な精神力なんだと思う。

普通の人間だったら、こんな場所数分も持たずに気を失うに違いない。

犯罪を犯す人間の思考回路はよくテレビなどでも放送されていたりするが、実際のところはどの程度のものなのか。

推測はまだしなくてもいい。

白橋の探し人に会えば嫌でも知るのだから。

いいものではないだろう。

が、知らなくてもいいことかそうでないかは見てみなければ図れない。

書類整理もデータ分析もできない私がもしできるとすれば、
直感で相手が何を考えているのかを組み立てるぐらいだ。
それしかないとしても、それはそれで構わない。
できることがたくさんあっても、使いどころがわからなかったらただの宝の持ち腐れ。
できることが一つしかなくても、
そこから少しずつ道を切り開いていけば十二分に価値がある。
なんでも使い方次第で便利にも不便にも変わる。
得手不得手を熟知しつつ、
自分以外の誰かと補い合っていくことでバランスが成り立っていくシステムなら尚更だ。
そのシステムすら避けて通ってきたわけだが。
気づけば随分奥まで進んできていた。
パッと見ではわからなかったが、
この収監所は道が入り組んでいるように見えて実は一本道だったり、
真っ暗なのかと思ったらときどき明かりが見えたりして、さらに恐怖感が増す。
ベタな話で申しわけないが、幽霊でも出そうだ。
純粋な恐怖には抗えない。
鳥肌も立ったままで、何度摩ってても消えない。

正確には、一瞬は消えるがそのすぐあとにまた立ってしまうから堂々巡りになっているのだ。

「やはり辛そうですね。外で待っていたほうがよかったんじゃないですか？」

「ここまで来てそんなこと言えるわけないじゃない。最後まできっちりやらないと気が済まない性質なんだよ」

「面白い方ですね、本当に。意地で恐怖と戦いますか」

「なんとでも言えばいいでしょ。途中でやめて後悔するより、ずっといい」

後悔。

私のシークレットワード。

この言葉を聞いただけで、私の頭にはあの光景がエンドレスで流れる。

大切な人を失った光景を。

自分のせいでもあるから忘れることなどできず。

別のことを考えようとしても無駄だった。

そこに向けられた感情が強ければ強いほど、
その思考から他に逃げることができなくなる。
思考と感情は繋がっている。
分量を間違えればあとはドツボに嵌まっていくだけだ。
恐怖だけでなくとうとう吐き気までしてきた。
精神的に弱くなっているときにこの場所は最悪すぎる。
自分を保っていようと決めたのに。
白橋は常に先のことも考えて行動している。
だから、ここに入る前に言ったあれは私に対しての最後通牒だったのだろう。
それに気づかず、あと先考えもしないで頷いてしまったのか。
彼には恐れ入る。
私の思考を全部知っているのではないかとさえ思えて、恐怖が上乗せされた。
馬鹿は私だ。
自分で自分を追い詰めて何が楽しい?
でも何も言い返せない。
事実は覆らないのだ。
過去も今も変わらない必然のルール。

ここから出たい。

自分が自分でなくなるから、という理由ではない。

単に寒すぎるだけ。

暑いのは別に気にしないし好きでも嫌いでもない。

何より、体温調節が楽にできる。

冷房やらアイスやらもある。

でも寒い場合はどうしようもない。

何枚重ね着しても寒く感じてしまうのだ。

体質的な問題もあるだろうが、精神状態の関係もある気がする。

思い込みのたぐいかもしれないが。

「着きましたよ、香藤さん」

「この、人が」

「そうです。

彼は神無木未慶（カンナギミケイ）。

六年前、とある事件の関係者を片っ端から殺しまくった男で、

事件直後に雇い主からの命令で警察に自首してきたんです。

今は刑も確定していて、死ぬまでここに拘束されることが決まっているんですが」

「……」
白橋の声はなんとか聞こえたが、なんと返していいものか見当もつかない。
はい、そうですかと気軽に返せる内容でもない。
第一、大量殺人の犯人と聞いてもどうもピンとこないのだ。
男からは確かに尋常じゃない何かを感じる。
しかし、血を感じない。
友人を殺したあの男からなら感じたのに。
六年で薄れてしまうものなのだろうか。
血の匂いというものは一度染みついたらそうそう取れるものではないだろう。
勝手な推測に過ぎないが、
暗闇で黒く淀んだ両目を光らせる男は手を汚していないのではないだろうか？
「へへぇ、だぁれかと思ったらお前かぁ。
もぉ用済みじゃぁなかったかぁ、おい」
「できればそうしたかったですけど、こちらにも都合があるんですよ。
単刀直入に言います。
貴方の使った凶器はサバイバルナイフですか？
それも、どこにでも売っているような物だったりします？」

「ふはぇ、わかってんなら聞くなぁ。
でぇ？」
「袋はどこで手に入れたんです？
六年前の犯行とは別に殺した意味は？」
「ねぇなぁ。
殺したいから殺したぁ。
そんだけだろぉ」
「そうですか。
ここに来るまでもなかったですね。
正気ですか？」
「一、応……」
「合格です。
長居していてもメリットはないですし、出ましょうか」
「うん」
はっきりした返事を返せているのがなんだか奇跡に思えてくる。
想像なんてなんの目安にもならない。
男と一秒目があっただけで心臓が本気で止まりかけた。

恐怖はそれだけ大きいのだ。
精神だけでなく、身体的影響を及ぼすほど。
一言も発さずにいたおかげでどうにか意識を保つことに集中できた。
話しかけられていたらやばかっただろう。
数分の邂逅だったのに、絶体絶命の状況に陥ったような感覚を味わわされた。
犯罪者がなんなのか、何も知らなかっただけだ。
神経が図太いとかのレベルではなくもっと根本の部分でズレている。
率直な感想だ。
心理学者も、警察官も、並大抵の神経ではないのだろうが、
私は一般人で、しかもどこにでもいるただの会社員だ。
そんな図太い神経は持ち合わせていない。
早く終わってほしい。
真実は見たいが命を捨ててでも見たいとは思えない。
死を望みながら、生にしがみつく。
小さな子供の思考によく似ているな、と自嘲を零す。
低レベルと言いたいのではなくて、もののたとえというものだ。

屋上で見つけた惨劇が頭に浮かんでくるのを必死で押さえ込み、どこかに向かって歩き出す白橋の半歩後ろを歩く。

隠そうとしても彼にはバレてしまう。

だから隠そうともしないし、思わない。

わかってほしいからそうしたわけじゃない。

どうせバレてしまうのに、
隠そうとして足掻くことに疲れるだろうからそうしないだけだ。

無駄に体力を浪費していると、
さっきの神無木という男のような人種に会ったときにいろいろと持たないだろうし。

無様に倒れても私は仕方ない、ぐらいで終われるが、
彼はそういった状況が嫌いそうだというのもある。

面倒が嫌いとかではなさそうなのに何故かそう思ってしまっている。

彼の何も知らないのだが。

こんな予測はゴミ箱にでも捨ててしまえ。

人間は常に動いている。

決めた推測を鼻で笑ってぶち壊してくる。

その人間がどんなものであれ、一秒一秒違うものに成り代わっていく。

全てを知っているのだと悦に浸っているうちに足元を掬われかねない。

枠に嵌められることを厭う人間から、普段そういった思考とは縁遠い人間まで、
人種は様々だが思考自体はそう変わらないだろう。

機械にはなれないのだ、人間は。

その有り余る愚かさ故に。

「事件はもうすぐ終わります」

「え？」

「と言っても、神無木さんに会う前から大方の可能性は考えていたんですけど。それなのに、どうして僕が彼に会いに来たのか。

わかりますか？」

突然の問いかけ。

だが、白橋は試しているだけで私に答えを言えと言っているわけではない。

気はまだ楽なほうなのに額には一粒二粒と汗の玉が浮かんでいる。

私の言葉に彼がどんな反応を返してくるのか。

それが怖い。

いや、反応すらされないかもしれないことが怖くてしょうがない。

何か言おうにも唇が異様なほど小刻みに震えていて、喉を通っていく酸素が音にならずに消えていく。

言えばいいだけなのだ。

私が彼の行動に対して感じた感想を。

ただそれだけのことでもここまで緊張するのは、白橋が微笑んでいるから。

冷たい瞳を隠すことなく、口元だけを笑みの形にしているから。

求めているものがなんなのか、その人間を見ていれば少しはわかるものだと思っていた。

だからこそ、彼が相手でもやっていけると思ったのだ。

白橋大典という人間を完全に読み違えていた。

彼は見かけ通りのなよっちい男なんかじゃない。

もっと最悪で、もっと真っ黒で。

底の見えない海のような人間なのだ。

人の感情も意志も飲み込んで沈ませる、水の形をした魔物。

勝ち目もなければ、対等になるなんてハナから無理だった。

私という人間に関心を持っていない彼に
そんなことを求めること自体間違っていたのだろう。

わかりにくい人間だったらまだどうにかなった。

しかし、彼は平気で人を騙し一欠片も残さず飲み干してしまう。

死の恐怖よりも、
同じ人間のはずなのにそうではないんじゃないかという恐怖のほうが余程大きく深い。

涙で視界が滲む中、ようやく言葉を発する。

「神無木さんに会うことに意味があった、でしょ?」

「誰が?」

「私が、よ。

白橋君は、私に恐怖が何かを教えたかった。

これから先に何があっても、私が感じるままを言えるように。

あれで怖がって何も言えなくなってるようじゃ、いないほうが面倒も少ないからね。

それに、メリットが大きい選択しかしないいんじゃないかと思ったの」

「思っていた以上の答えですよ。

よくわかりましたね、僕が何を言いたかったのか」

「わかってるわけじゃない。

ただ、そうじゃないかもしれないって思うもののほうがあなたに近い気がしたんだ」

「本当に厄介な人ですね」

「言えって言ったのは白橋君なんだけど」

「そうでしたか？」
「そうだよ。
満足してくれたんだったら、私からも一ついい？」
「どうぞ」
「白橋君は前にも私と会ったことあるんでしょ？
どういう関係だったの？
そのときが来るまで待たなきゃ言ってくれないような関係？
それとも……六年前のあの事件で何か関わってたの？」
「まだ答えられません。
知ってしまえば、せっかく見えてきた真実が闇に消えてしまいますから。
ですが、さっきの答えに免じて少し言わせていただくなら、
六年前に貴女の大事な人を殺した犯人は今も貴女の近くにいますよ」
「そ、んな……！
だって、あのときちゃんと捕まったはず！」

「一人殺しただけではそこまでの刑にはできないんです。

今のご時世、事件が絶えない理由として挙げられているのは、
一度刑務所に入れられて出てきた人間がもう一度犯罪を犯してしまうから、
というのが理論的に証明されているからなんです。

学習能力が乏しいと言っているのではなく、
犯罪がそれだけ脳を麻痺させてしまうほどの強い快感を生むと言ってるんですよ」

「脳を麻痺させるほど強い快感って、あのなんとか成分がどうとかって話？」

「そうです。

脳は強い感情に弱いんです。

憎しみに染まれば破壊し、快感に染まれば溺れる、といった風に。

貴女も覚えがあるでしょう」

「言われてみればそうかも」

「まぁ、そこまで強くは思えないようですが」

「白橋君だって私のことよく見てるよね」

「不本意ですが仕方ありません。

今の貴女と僕は刑事と重要参考人です。

なら、その関係に違わないよう気をつけないと」

「変なとこ気にするんだ〜」

「笑うようなところですか」

「秘密」

「はぁ……」

初めて見る彼の人間らしい仕草に、思わず苦笑いする。

他人を信用しないから、白橋の行動の根幹には「騙す」という考えが常に存在していた。つまり、そんなものを放ってしまえるぐらいには私に対する警戒が薄まった、と解釈できるわけで。

小難しい分析は専門外なのだが、彼が相手だとしょうがない気持ちのほうが強い。

私も彼を信用できない。

お互い様だからこそ、より密に思考を共有できるし、共感もできる。

似た者同士と言われる人間は折り合いが悪いらしいけど、所詮は一般論に過ぎないのだ。

人間によって違う。

机上の空論に終わってしまう、些末なこと。

「何をしてるんですか。

今晩の宿に行きますよ」

「え、もう⁉」

あたりはまだ昼と夕方の間くらいで、薄暗くもなっていない。

私が言うならまだしも、彼のほうから言ってくるとは思わなかった。

早く休みたい、というわけでもなさそうだ。

はてさて意味がある行動なのか、単なる気まぐれなのか。

見当がつけられない私はこめかみを押さえ、大人しく白橋についていく。

ああ見えて頑固なのだ、白橋という男は。

一度口に出したことは必ず実行するタイプに違いない。

ここも私とは真逆。

中途半端は嫌いなのに何をどうやっても中途半端になってしまうタイプである私は、彼の最も気に入らないと思うところだろうと、勝手に結論づける。

誰だって他人の思考回路を理解できないものだ。

こうやって自分勝手な憶測を立てて、そうならないように立ち回ることしかできない。

人間は足りない部分を補うために他人を求めると言うが、
私には未だよく理解できないし、これから先に理解できる可能性もないと断言できる。

理解力の有無は関係ない。

範疇を越えてしまえば、足掻いてもどうにもならないのだから。

少なからず可能性があるなら何かしようもある。

が、それすらもないとなると努力なんて無駄以外のなんでもない。
頑張っても頑張っても結果が出なければ絶望を感じるのも、
散っていく落ち葉を掴もうとするのもそれに当たる。
無駄なことはない、と言ってみたところでそう感じてしまうものは仕方がないだろう。
自分を騙すことは簡単でも、いずれガタはくる。
そういう限界は早いものだ。
私は今晩の宿に着いたと白橋に声をかけられるまで、
ずっと暗雲の思考を見上げていた。

第三章

「何、この洋館……」
「見ての通りですが？」
「いやいや、どう見たってアレだよね。
外国の映画とかに出てきそうな感じだよね」
「貴女はおかしな人ですね。
不自由なく泊まれればなんだっていいじゃないですか。
違うんです？」
「違わないけども。
あぁ、なんだかなぁ」
首が痛くなるほど見上げてもまだ足りないぐらい背の高い洋館。
ここが今晩の宿、だそうだ。
昨日の旅館からいくと、どうせ似たような宿だろうと思って完全にナメていた。

白橋は負けず嫌いなのかもしれない。

私が簡単に予想できてしまうような場所は選びたくなかった、という心の声が聞こえてきそうである。

表情からなんとなくそう推測するが、案外当たっている気がしないでもない。

「ここって何料理が出てくるの？　もしかしてフルコース、とか？」

「ご名答……。一発で当てるとはつまらないです」

「だろうね！　顔に書いてあるよ」

一気に機嫌が悪くなる彼の顔を見て吹き出しそうになった。

子供みたいな部分もあるのか。

感心とともに、不思議というか奇妙な感覚になる。

母性本能、というものだろう、たぶん。

そう思うことにしてとりあえず部屋に向かう。

昨日の敷布団もすごくいい素材を使っていることはわかったけど、天蓋つきでなくとも豪華なベッドが視界に映り、軽く目眩がした。

代金はいつも白橋が払っているようだが、
この関係が終わった途端に金を請求されたりするのだろうか。
だとしたら、私の人生はその瞬間終わる。
借金に塗れてまで生きていようと思えないから。
生にしがみつく資格も理由もないから。
周りの人間に紛れて生きているだけの私より、他の将来ある人間が生きたほうがいい。
ひねくれている。
そうは思うが、生まれもっての思考基盤はなかなか覆しにくいもので。
それこそ脳みそに革命でも起こらない限りは到底叶わないだろう。
憂鬱になる。
こうやって沈んでいたって時間は待ってくれないのはわかっていても、
どうしてもそこに堕ちてしまう。
面倒なものだ。
間違いなく私は面倒な部類の人間。
思考は止まることを知らない。
止まる、という選択肢など始めから存在していないかのようで。
嘆いても叫んでも現状は変わらない。

だったら、多少強引にでも現状を進めるしか方法はないだろう。

白橋にバレないように一つ頷き、寝室を出る。

「もっと見ておかなくてもよかったんですか？

二度と見る機会はないかもしれないんですよ？」

「できればもう二度と見たくないわ。

豪華な場所は確かに憧れるけど、贅沢はいらない。

地味で充分でしょ。

死なない程度に生きてればいいんだから」

「正直ですね」

「白橋君はひねくれてるけど」

「褒め言葉ですか」

「そう聞こえるんなら」

皮肉を言い合う。

でも、お互いに不快感はない。

むしろこのぐらいは日常会話レベル。

何気ない言葉の一つに過ぎない。

それを私も彼も理解している。

中身が理解できない代わりに必要あるのかわからない付属品はよく理解できるなど、大した嫌がらせだ。

まぁそれで満足できるならアリなのかもしれないが。

要は本人たちがどう思えるかが重要なのだ。

第三者もいない現状で、わざわざマニュアル通りの手順を踏む必要はない。

「それより、フルコースって言うとやっぱりマナーとかやらなきゃマズイよね」

「心配はいりません。

ここには僕と貴女しかいないでしょう?

貴女がマナーのなっていない食べ方をしても誰も咎めたりしない、ということです。

理解できました？」

「もうちょっと言い方ないのかな？」

「気を遣うような相手には遣いますよ、当然。

ですが、貴女には必要ないと思ったまで。

わかりやすく言いましょうか。

僕は少なからず貴女に対して警戒を緩めたんです」

「何回も言ってるけどさ、白橋君の気遣いとか親切ってわかりにくすぎ」

「貴女が馬鹿なだけです」

「ついに言ったわね」

「今更、です」

「そうだけど……」

展開がまたもや急になってきた。

警戒を緩めた、というか、気を許した、というか。

彼は私が会った人間の中で一番読みにくくて、素で接することに躊躇しない人間だ。

他人にいつでもバリアを張り、踏み込ませないことに必死だったときとは違う緊張とか、心臓が止まりそうなプレッシャーとか、普通に過ごしていたら得られなかった。

新たな発見、不確定の現状。

どちらとも出会えなかった。

感謝はしていない。

別に私は変化を望んでここにいるわけじゃない。

真実がどんなものなのかを知りたいだけだ。

それでも、ここにいる現状に後悔はないと先程も言ったように、私は今を拒んでいない。

望む、望まないは全くの別問題。

現状は変わらないなら進むしかない。

これも先程と同じ。

生きたいだけなら前のままでもよかった。

彼の誘いに応じず、無為に毎日を消費していればよかったはずだ。

真実を求める行為は私の気持ちを無視していく。

バリアを壊して、私を引きずり出す。

何もわからない。

嘲笑う声も、蔑む瞳も。

見えない、聞こえないと拒む私に現実を見せつけてくるのだ。

「逃げるな」と言っているように。

誰も好き好んで逃げていたのではない。

汚れた自分を見たくなかった。

親友を失った現実を、そうなった原因が私なんだという事実を、受け入れたくなかった。

それがそもそも都合のいい逃げだったのに。

白橋は過去を受け止めている。

何があったのかは詳細を教えてくれないから知らないが、
深い悲しみを味わったに違いない。

私と同じように。

誰かがそうだから自分もそう、なんて言わない。

他人は他人、自分は自分なのだから。
だが、立ち直った結果、彼は道を見つけている。
過去を犠牲にしてでも、彼は生きる選択をした。
生きているだけじゃなく、自分が何をしたいのかを思考しながら、生きている。
目的が明確でなければならない決まりはない。
一秒ごとに変わったっていい。
生きることに疲れたって、面倒になったっていいんだ。
思考し、自分を見失わなかったら、生きているだけじゃないと胸を張れる。
理屈と感情の足並みは合わないままだが、思考を割く余裕がない。
自分が二つになるみたいな、言い表しにくい状態になったとしても、だ。
明日の予定などどうでもいいから、真実が欲しい。
強欲な人間になった、と自分に呆れる。
二日前の私だったら絶対にあり得ない傾向だ。
変化を望まずとも、変化していく。
目に見える変化ばかりが変化ではないのだ。
知識として知っているのと無意識が覚えているのではわけが違う。
視界に入るモノからは恐怖しか感じとれない。

無表情でいることが多くなったから顔には出ていないだろうが。
白橋が何も言わないところをみると、わかってはいるのだろう。
わかっていて何も言わないんだ。
彼は変なところだけ私に気遣う。
聞きたいなら聞けばいい。
答えられるものなら答えるし、
答えられない問いだったとしてもヒントぐらいなら出せる。
警戒を緩めた彼に私ができることはそれぐらいだ。
バリアを自分自身で壊すことは絶対にない。
相手が誰であっても。
染みついた恐怖心は拭えないから。
押し殺す、なんて器用なこともできない。
バリアを壊されでもしないうちはいくらそれに触れたって構わないのに。
ガラスをなぞっても割れないのと同じだ。
殴ったり蹴ったりはさすがに迷惑だが、それ以外なら大丈夫だ。
と言っても、白橋限定だが。
条件はフェアじゃないと駄目だ。

それ以上もそれ以下も認めない。
私は自分勝手で我がままな人間だそうだし、
彼にだったらありのままでもよさそうというのもある。
周りにとって都合がいい人間を演じるのも疲れるのだ。
特に、今後関わるかどうかも定かじゃない、どうでもいい他人相手は。
「食べながら考えごとですか。
貴女の思考には感心します。
しかし、一つ忠告しておくなら」
「んぐ、もぐもぐ。
にゃに?」
「食べながら考えごとをすると……太りますよ」
「ふぉんなふぉふぉね。
べふにひいじゃん。
ん……はぁ。
今すぐどうこうって話じゃないんだし」
「庶民とは言っても限度があるんじゃないですか」
「口の端にソースをつけた白橋君には言われたくない」

「人の揚げ足を取るその才能は羨ましいですよ」
「ありがと」
会話の微妙さは天才的だ。
一見噛み合っていないように聞こえるが、
脳内で相手が言わなかった箇所を補っているから問題はないのだろう。
言いたくても言ってはならない一言というものがあるので、
そこを考慮していると言えなくもない。
断言するにはまだまだ白橋を知らなすぎる。
決め手になるような確固たる根拠を持っていないし、
もしかしなくとも私には一生わからない。
本気で中身を知ろうと思うと白橋は相手が悪いのだ。
特別な理由があるわけじゃない。
これは相性がよくない、というだけのこと。
うっかり蔑ろにされてしまう相性は意外と大切なのだ。
相手に警戒心を持たせない、
こちらは最低限の情報のみで相手の情報をより多く引き出す。
方法はこんな感じだろう。

しかし、注目すべきはその前提。
どっちも相手と自分の相性が悪ければ不可能な話だ。
犬猿の仲なら尚のこと、成功する確率は低い。
余程相手の行動、言動パターンを把握していないと、
やろうとする意気込み自体が馬鹿らしく思えてくる。
見込みのない実験に研究費を払う人間がいないのとほぼ同じ原理だ。
「ご馳走様でした。
香藤さん？
いつまでやってるつもりですか」
「あ、忘れてた」
「思考を止めろとは言いません。
ですが、食事のときはちゃんと味わって食べてください。
このたった一品の料理にどれだけの人の努力と苦労が込められているか、
貴女でも理解できるでしょう。
いいえ、理解していなければなりません。
たかが、ではなく、されど料理。
感謝を忘れて当たり前と思わないでほしいですね」

「ごめん」

「僕に謝られても知りません。

悪いと思ったのなら、今後気をつけていけばいいんです」

「うん。

そうだね」

正論だ。

作る人間にも気持ちがある。

食べるだけの行為だろうと当たり前にしてはならない。

作る人間がいなくなっても、材料を作る人間がいなくなっても、成り立たないのだから。

もしも、とかでなく、考えられる可能性の一つでしかないとしても、
可能性を切り捨てることはできないのだ。

それが起こるかを証明する術を持っていない私たちは、
様々な可能性に囲まれて生きている。

思考に囚われすぎるとろくなことにならないということだ。

「あとは寝るだけなんだよね」

「お好きにどうぞ。

僕は少々調べ物をしたいんで、下の部屋を借りてるんです」

「貸し切りとかだったり……？」

「当然でしょう。

知能の低い人間と寝食を共にする趣味はないですから」

「それって私も当てはまらないの？」

「さぁ？」

「言い逃れなんて卑怯じゃない」

「少し意味合いが違う気がしますけど、まぁいいです」

「一人で納得しない！」

「一から十までいちいち説明しなくては理解できない人間にならなら説明しないでもないんですけどね。

貴女は多少僕の考えを理解できるようなので。

無駄なことはしない主義なんですよ」

「あーそーですか」

言い返しても進展はなさそうだ。

空気からそれを感じとり、口を閉じる。

突っかかるのは疲れる。

子供でもあるまいし。

でも大人と言うには若干早いぐらいの年齢になって、同い年か一つ二つ下の相手にいつまでも噛みつくのはどうかと思った。

寝るだけ、と言ったが、久しぶりに温泉が恋しくなって、
彼が調べ物に使うらしい道具をまとめている間に部屋を出る。

フロントに行くと、綺麗に着飾った受付の人が一人立っていた。

他人に話しかけるのは最大最悪に苦手とする分野。

だが、ここで躊躇っているうちに時間は過ぎていく。

それでもいいか、と見送るばかりだったのに、
今の私は何を思ったのか受付の女性に話しかけていた。

「あの、温泉ってどこですか？」

「向こうの階段手前の通路をずっと右に進んでいかれましたらございます」

「あ、ありがとうございます！」

「ごゆっくりご堪能くださいませ」

建物の外見は完全に洋館だったにも拘らず、受付から料理人の人たちまで皆日本人だ。

一体どうなっているのだろうか。

白橋が常識無視の男だったとしても、ここまでとは思わなかった。

疑問はあとでじっくり考えることにして、誰もいない温泉へ入っていく。

服は温泉の扉のすぐ脇に置いてあった籠にいれさせてもらった。

本当なら更衣室のロッカーにいれておくべきなのだろうが、
私以外に誰もいないならいいじゃないかという結論からそうなったのだ。

面倒くさがりとまではいかないが、手間は一つでも少ないほうがいい。

一番奥まで歩き、ボコボコと泡立つ湯に片足を沈ませる。

かけ湯をするのをすっかり忘れていた。

まぁいいだろう。

細かいことは置いておいて、のんびり温泉を堪能する。

家の風呂でも妙な焦燥感に駆られていたから、こんなに落ち着いて入るのは久しぶりだ。


過ぎていく日常のどこに感じたのかは今でも謎だけど、気づいたことがある。

彼と会ってから身体の調子がすこぶるいいのだ。

きっかけがそれかははっきりしないが、彼と会った日あたりからなのは間違いない。

調子がいいに越したことはないから、彼にはこっそり感謝しておく。

本人に言ってもたぶん理解するのも嫌がられるだろうから。

なんとなく伝われば、それでいい。

天井から落ちてくる水滴を手のひらに掬う。

雪のように消えることはなく、こんな湿気の多い場所では蒸発する様子もない。
変わらず、そこにある。
息をかければ手のひらの上を滑り、舐めれば口の中に溶けていく。
消える方法を知っているモノと、そうでないモノ。
私はどっちになりたいのだろう。
頭を振り、脳内に刹那湧き上がった思考を振り払う。
消える方法を知っていたらとっくに実行している。
知らないから知ろうとする。
矛盾が絶えることなんて天と地がひっくり返ってもあり得ないのだ。
明確な答えが初めからわかっていたら誰もここにいない。
自分の罪を知っている。
自分の愚かさを知っている。
目を逸らしているだけで、皆それらに怯えながら生きているのだ。
逃げても追いかけてくる悪夢のように。
汚れた自分と向き合ったとき、人間は壊れていくだけだ。
抗う選択より逃げることを選んだ人間はもっと酷い。
精神も肉体も罪に侵されて、壊れていくのを待つしかない。

末路をどこかで察しながら生きている人間に罪を消す方法を提示すれば、
おそらく実行してしまうのだろう。疑って、後悔して、嘆いて。
最終的に消えることを選ぶ。
だから、運命やら神様やらはそういった方法を知る術も気力も奪った。
結果が見えてしまえば、今までの過程もこれから歩んでいく道も霞んで見える。
それでも、それでも生きていくしかないなら。
抗う前に知らなくてはならない。
罪の在り処を。
汚れた自分の居場所を。
目を逸らしていただけの真実を。

思ったよりも長風呂になってしまった。
最近は考えることが本当に多くなったのか、
意識がふいになくなっても気づきにくいときがある。
考えながらでも車を避ける方法を白橋に教えてもらったほうがいいかもしれない。
調べ物をしている最中だろうから、嫌な顔をされるのは覚悟の上だ。
いい加減あの目にも慣れてきた。

つくづく思う。
私は思考に浸っている時間に依存している、と。
薬物やタバコほどではないにしても、
普段は感じることがない何かを感じているのは確かだ。
これがなくなれば私は私でなくなるんだろう。
芯であり、芯以外にもなれる思考というものに、よもや溺れる日が来ようとは。
自己分析を放棄し続けてきた分のツケが回ってきたか。
逆上せる寸前で避難し、素早く夜着に着替える。
風邪を引いたら白橋に何を言われるかわかったものじゃない。
変なところで細かかったり強引だったりする彼の相手は体力だけでは務まらないのだ。
あの嫌味を平然と聞き流せて、
かつ言わなかった言葉の穴埋めを自分の脳内でしなくてはならない。
反論が認められているだけウチの上司よりマシだ。
性格は彼のほうが断然悪いが。
性格がいくらよくても、相性が合わなかったらなんの意味もない。
そこを考えると、今の状況はそこまで最悪でもないように思う。
手段を考えるのは自分自身だ。

他の誰かに代わってもらえるわけでも、放棄してしまえるものでもない。
この先に何十、何百のため息と苦労に苛まれることになったとしても、
私は選んでいかなければならない。
己が納得できる答えを。
心から望む真実を。
それが万人にとってそうでなくとも。
誰かだけのためには生きられないのだ。
人間は傲慢だから。
「随分と長い入浴でしたね。
そんなに気に入ったんですか」
「うーん……。
まぁまぁ、かな」
「そうですか」
自分から聞いておいて、なんてどうでもよさそうな返事だろうか。
彼は私に何を求めているのかさっぱりだ。
投げかけた疑問はただの戯れ。
答えはただの時間潰し。

そう考えれば筋が通らなくもない。

頭の中で何を考えてるのか。

神も知らないだろうソレを知りたいと望むのはやはり傲慢になるのか？

顎に手をあてて、思考に没頭する。

しっくりこない。

というか、余計に靄がかかってしまった。

「ねぇ、白橋君」

「なんです？」

「白橋君って、よく歩きながらとかでも考えごとしてるじゃない？

アレ、どうやって車とか避けてるの？」

「避けようなんてしてないですよ」

「……どういうこと？」

「簡単な話です。

たとえば、貴女の真正面から車が迫ってきていたとします。

そのとき貴女はまず何をしますか」

「そんなの、避けるに決まってるでしょ」

「どっちに？」

「そのときの状況によるかな。

普通は車が行きやすい道とは逆に避けるね」

「それです」

「それ？」

「はい。

車の運転手が貴女と同じようなことを考えていたとすれば？」

「正面衝突……。」

あ、そういうこと！」

「常に自分以外の視点からも物事を見ていれば誰にだってわかることです。

主観的にしか物を見られない人間は、
今さっき貴女が言ったような落とし穴に嵌まりやすいんですよ。

多方面から物事を捉えること自体は何も難しくありません。

単にそういう考え方の土台を持っていないだけのことです」

「わかりやすい説明してくれてありがとう」

「お気になさらず。

もう慣れましたしね」

「また嫌味？」

「コミュニケーションですよ」

「歪んだコミュニケーションだね」

「貴女の基準で決めつけないでください。

　僕には僕の基準がありますから」

「細かいね、ホント」

「貴女が適当なだけでしょう」

同意しよう。

確かに、私は適当な人間だ。

真面目に考えてもうまくいったためしがないし、
根性もやる気もいまいちになってしまう。

いつだって私なりに努力している。

が、最後までやり通せなかったらそれはポーズに成り下がっていく。

第三者の評価の影響力が大きいと言われるのは、いつでも公平だからだ。

よい意味でも、悪い意味でも。

第三者の評価だけが全てではない。

頭ではわかっていても、
自分を貶す言葉というものはいつまでも心にこびりついているもので。

克服したと思ったところで、またふとした拍子に鎌首をもたげてくる。

評価がどうした。

そんなもので腹は膨れないだろう。

そう言える強さが、私にはない。

「質問が終わったんだったら、少し手伝ってもらえませんか」

「何をすればいいの？」

「ここに書いてある本を探してきてください。

できるだけ早くお願いします」

「わかった」

眼鏡のブリッジを押し上げる表情が彼らしくなかった。

彼らしくない、と言っても、なんとなくそう思ってしまっただけで、
本当に彼をわかったわけではない。

平然としていて、余裕も愉悦もない彼の顔がやけに苦々しいものに見えたから。

だから、そんなことを思ってしまったのかもしれない。

渡された紙には二冊の本の名前が記されていた。

本を読む気にならない私でも知っている名前の著者のものだ。

「斎条尚斗」

何年か前に人間の感情の何かで論文を書き、それが絶対的な支持を得た。
しかし、その少しあとで論文に問題が見つかったらしく、
手のひらを返した多くの人間にバッシングを受けたのだったか。
昔の記憶だったし、
あまり興味を惹くような話題でもなかったからあやふやになっている。
未だに行方不明のままだという話だったはずだ。
それにしても面倒な研究テーマだ。
答えを知って、一体この人間はどうしたいのだろう。
知ったあと何ができる？
何が見える？
学者的な知識を持っていない私が言う資格などないのはわかっているが、
それでもあえて言わせてもらおう。
この人間の中身はきっと理解できない。
理解しようと思ってどうにかなるものじゃない。
白橋とは異なる種類にはなるけれど、理解できないという一点では共通している。
自分の身長よりもさらに上の棚に探し物はあった。
腕を限界まで伸ばしてもあの高さまでは届かない。

大人しく諦めて、傍に置きっぱなしになっている梯子を運ぶ。
見た目には軽そうなのに、持ってみるとこれが結構重たい。
運動不足なのはやはり健康にもよくないし、
日常生活にプラスアルファできないしでろくなことがない。
明日からは、生活スタイルそのものを見直したほうがいいかも。
背表紙の一番上に人差し指の爪先を引っかけて、丁寧に本を抜き取る。
まだ新しそうだ。
それだけ大事に保管されていたということだろう。
さっき嫌味ついでに聞いた話によれば、
この洋館は昔彼が刑事だった頃から集めていた
未解決事件の捜査ファイルのまとめの他に参考になりそうな資料などを置いて、
図書館代わりにしているのだとか。
捜査に必要だったとしてもこれだけの量の本を買うなんて真似は不可能だ。
私は、内容がどのジャンルでも最後まで読みきれずに読むことをやめてしまう。
その理由は明確かつシンプル。
自分以外の人間の思考回路を許容できないから、である。

脳内でぐちゃぐちゃになっている思考の整理もできていないのに、その上他のものも受け入れることと同義だ。
彼は主観的な視点だけで考えるから駄目なのだと言っていた。
それだって私から言わせてもらえば、
皆たいてい自分のことで頭が一杯なんじゃないだろうか。
車の前に偶然誰かが通りかかったとしても、運転手は自分の身の安全しか考えていない。
全ての人間がそうであるとは限らないだろうが、
周囲にいる人間がそういった類ばかりだったせいか、固定したような思考になる。
柔軟な思考。
白橋がいつもそうしているように、
私ももっと落ち着いて周りを観察できるぐらいの余裕を持ちたい。
白橋大典という男は私の救世主じゃないのだ。
自分の足で立てなかったら、彼は少しの躊躇もなく私を置いていくだろう。
真実に貪欲、というより、
もっと別の何かが彼の芯を作っているのではないかという曖昧な根拠しかないが。

感じるままに意見を話せる立場にいるのに、
事件以外のことではほぼ黙殺されているため、
確たる根拠がないのはどうしようもないことだ。
思考を一旦止めて、梯子からゆっくり降りる。
ここで梯子から落ちる、
なーんてベタなボケをすればまた彼の私に対する皮肉のレベルが増していくのは目に見えているから、
全神経を集中させて一段一段慎重に。
胸ポケットに入れておいた紙を引っ張り出し、もう一冊の本の名前を確認する。
だが、そこに書かれた文字を見た途端、私の時間は止まった。
「極秘試薬開発員殺害事件」
六年前、私が大事なモノを失った元凶であり、
今日までずっと憎み続けている男の顔と名前が書かれていた。
「そう、いうこと……？」
ショックはなかった。
心のどこかで感じていた懐かしさは気のせいでもなんでもなかったのだ。
何故こんなに重要なことを綺麗さっぱり忘れてしまっていたんだろう。

「白橋君、いや、大典さん。
初めから私があの子の親友だって知ってたの？
知ってて、私に近づいた？
六年前の事件を見たのは私だけだから、その口封じをするために？」
口が渇いてくる。
声もちゃんと出ない。
緊張よりも恐怖が勝っているからだ。
でも、私はこうなる結果を期待していたのかもしれない。
自分の手で、あの子の無念を晴らすことができるのだから。
私は抱えていた本を机の上に置き、資料をまとめ終えたらしい彼に掴みかかる。
「どうして⁉
あなたたちは……とても幸せそうで……。
あんなに笑ってたじゃない！
なのに、なのにどうして⁉
答えてよ、大典さん！」
「……」
どうあっても無言を通すつもりらしい。

普段の彼の、なんの意志も感じとれない両の瞳が鈍く光っている。

真実に近づいているとは言っても今すぐに触れられる距離ではない。

あと少し進まなければ、宣言していたように彼は黙秘を貫くだろう。

感情が抑えられない。

彼がそういう人間なのだとわかっていても、
どんどん溢れてくる真っ黒な殺意を抑え込めないのだ。

殺してやりたい、なんて。

私がそんなことを思う日が来るなんて。

あの子を失ってからは感情が淡白になっていたから、慣れたのだろうと思い込んでいた。

憎しみがそう簡単に消えてくれるはずはなかったのに。

襟元を締め上げる手とは反対の手で白橋を思い切り殴る。

私程度の力で殴っても、彼は何ごともなかったかのように平静のままだ。

それに苛立ちはするがこれ以上は労力の無駄だ、と振りかぶっていた拳を下ろす。

「これで満足できるんですか。

貴女はそこまで器用な人間じゃないでしょう。

いいんですよ、香藤さん。

貴女には僕を好きにする権利がある」

煮るなり焼くなり好きにしろ、と視線が訴えている。
何を考えているのかわからないとよく思ってはいたが、ここまでだったとは。
詰めていた息を吐き出す。
もういい。
私は、彼を殺すためにここにいるわけじゃない。
真実に触れるためにここにいる。
彼を生かすも殺すも、そのあとだ。
「あなたを殺しても別に何も変わらないわよ。
あの子が帰ってくるわけじゃない。
六年前のあのときに戻れるわけじゃない。
それにね、もし私があなたを殺したら、
私は憎くてたまらない人間と同じになるでしょ？
だから私はあなたを殺さない。
って言っても、この事件が終わったときにまだそう言えるかはわからないけど」
「理解……できない。
やはり貴女は、馬鹿なくせに理解できない人です」
苦笑いされた。

変なことは言ってないはずなのに。
「普通はそんな風に考えることなんてできないんですよ。
人間は強い感情に弱い、と以前話したと思いますが、
憎しみに対してはたとえようがないほど支配されやすいんです。
心理学的にどうかはよく知りませんけど。
でも、貴女はそうならなかった。
規格外もいいところですね、貴女は」
褒められているのか、貶されているのか。
どっちにしてもいい気はしない。
もう一発殴っておけばよかった。
若干の悔いを噛み締めながら、机の上に置いた本を渡す。
「コレは、僕が関わった最後の事件なんです」
「じゃあ、この事件のどこかに白橋君が刑事を辞めた理由があるってこと？」
「そうなります」
気になっていた疑問の一つ。
その答えが今目の前にある。
妙な気分だ。

郵便はがき

料金受取人払郵便

新宿局承認

7882

差出有効期間
平成27年10月
31日まで
(切手不要)

160-8791

843

東京都新宿区新宿1－10－1

(株)文芸社

愛読者カード係 行

ふりがな お名前		明治 大正 昭和 平成 年生 歳
ふりがな ご住所	□□□-□□□□	性別 男・女
お電話 番号	(書籍ご注文の際に必要です)	ご職業
E-mail		
ご購読雑誌(複数可)		ご購読新聞 新聞

最近読んでおもしろかった本や今後、とりあげてほしいテーマをお教えください。

ご自分の研究成果や経験、お考え等を出版してみたいというお気持ちはありますか。

ある　ない　内容・テーマ(　　　　)

現在完成した作品をお持ちですか。

ある　ない　ジャンル・原稿量(　　　　)

<table>
<tr><td>書　名</td><td colspan="4"></td></tr>
<tr><td rowspan="2">お買上
書　店</td><td rowspan="2">都道
府県</td><td rowspan="2">市区
郡</td><td>書店名</td><td>書店</td></tr>
<tr><td>ご購入日</td><td>年　　月　　日</td></tr>
</table>

本書をどこでお知りになりましたか?

1.書店店頭　2.知人にすすめられて　3.インターネット(サイト名　　　　　　)

4.DMハガキ　5.広告、記事を見て(新聞、雑誌名　　　　　　)

上の質問に関連して、ご購入の決め手となったのは?

1.タイトル　2.著者　3.内容　4.カバーデザイン　5.帯

その他ご自由にお書きください。

(　　　　　　　　　　　　　　　　)

本書についてのご意見、ご感想をお聞かせください。

①内容について

②カバー、タイトル、帯について

弊社Webサイトからもご意見、ご感想をお寄せいただけます。

ご協力ありがとうございました。

※お寄せいただいたご意見、ご感想は新聞広告等で匿名にて使わせていただくことがあります。

※お客様の個人情報は、小社からの連絡のみに使用します。社外に提供することは一切ありません。

■書籍のご注文は、お近くの書店または、ブックサービス(0120-29-9625)、セブンネットショッピング(http://www.7netshopping.jp/)にお申し込み下さい。

高揚しているような、ドキドキしているような。
積み上げられた紙束を見上げ、手近なものを手に取る。
今まで調べたことについての私見。
そこから考えられる結果。
動機と凶器、殺害方法まで書かれてあった。
「根拠は？」
「特に難しい事件ではなかったですしね。
貴女もよくご存知だと思いますよ。
コレを見てください」
そう言われ、彼が指さした先にあるのは忘れられない呪われた過去の真実。
数秒、思考する。
長かったのだ。
たった数日でこれだけのことがわかるようなものに、私は六年も躊躇していた。
ファイルの一ページ目を捲る。
でかでかと貼られているのは殺害されたあとの現場写真だろう。
が、疑問に似た違和感を覚えた。
なんだろう。

時間が経ったから記憶も曖昧になっているせいなのか？

次のページに目を移す。

こっちは死体のようだ。

銃で撃たれた痕がくっきり見える。

あのとき、あの子は銃で殺されたのだから当然そうなる。

「おかしい」

「何かわかりました？」

「どこも変じゃないはずなのになんで違和感があるんだろ？」

「どこかの記憶だけ消えていたり、
ごちゃごちゃに混ざっているような感じはありますか？」

「ある……かも。

あの子は銃で殺された、そこは間違ってないと思う。

だけど、この現場写真は違う気がするんだよね」

「それはそうでしょう」

「知ってるの？」

「一ページ目の現場写真は違うんですよ」

「？」

「全く別の事件の殺害現場なんです」

「意味がわかんない」

「でしょうね。

　彼女が関わっていたあるモノが原因で、警察本部は隠蔽工作をしていたんですよ。

そして現場や死体だけでなく、おそらくは貴女の記憶にも」

「記憶、って。

　催眠術なんかかけられた覚えないんだけど」

「催眠術なんて生易しいものではありません」

「じゃあなんなの？」

「これ以上は言えません」

ここまでのようだ。

白橋は強情な男だから、それ以上の真実は何も言わないだろう。

黙秘は最大の武器である。

黙ってしまえば真実は闇に消せるのだから。

しかし、だいたいわかってきた。

彼の言いたいことも、あの子が殺されなければならない原因を作ったモノも。

「明日はどこに行くつもり？」

「本部に行くつもりですが」

「いきなり⁉」

「回りくどいやり方は嫌いなんで。

貴女も覚悟しておいてください。

ある意味神無木さんよりもずっと最低な集団ですから」

「わかってるよ」

毛嫌いとかよりも嫌悪のほうが近い言いように、微かな笑みが浮かぶ。

真実に触れたそのときもこうやって笑っていられるかはわからないけど、ことの顛末を選ぶことを強制されたとしても躊躇わずに選べる。

彼にぶつけてしまったのは悪いと思っているが、いろんなものが吹っ切れた。

繰り返さずにすむだろうか。

再び誰かを失う選択をしなくても、二本の足で立って全てを終えられるだろうか。

見届ける資格は得られた。

あとは、私が決める。

他人にも、状況にも、責任を押しつけたりしない。

弱い部分も醜い部分も、私が受け止めていくんだ。

今は、それができるのだから。

「って、もう夜中⁉」

「さっきからずっとそうじゃないですか。

ちなみに、貴女がこの部屋に入った瞬間にはもう十二時の鐘が鳴ってました。

気づかなかったのは貴女だけですよ」

「なんで早く言ってくれなかったの！」

「僕は時間の無駄は嫌いですが、そこまで時間に執着しているわけではないですからね。

それに、貴女が言わないことを僕に理解しろというほうが
余程理不尽とは思いませんか」

「ぬぅ……」

全くもってその通り。

私が心の中で思っているだけのことを、
言葉を使わずに理解させようとしたのと変わらないのだ。

逆に理解されていたら怖いというか、気味が悪い。

「考えが足りないとよく言われません？」

「よくご存知で」

「見ていれば容易に予測できますよ。

なんせ貴女は単純ですから」

「白橋君は何もかも歪んでるよね」

「馬鹿が悪知恵をつけたな」

「うわ、久々の本音バージョンだ」

「うるさい。

話が脱線してる。

夜中だと何か問題でもあるんですか」

「いや、問題はないんだけど、睡眠時間が短くなっちゃうなー、みたいな？」

「そんなことで騒げるんですね」

「目が露骨すぎるわ、白橋君」

「貴女はもう少しその頭の緩さをどうにかしたほうがいいんじゃないですか」

「何を～⁉」

「うるさいです。

何度言わせたら気が済むんですか。

幼稚園の子供でもあるまいし。

第一ここは図書館ですよ？

館内で騒がない。

最低限のマナーぐらい守ってください」

「小言地獄……」

「何か言いましたか？」

「そ、そうだ！　私、そろそろ寝ないと。明日寝坊したらシャレにならないし」

「いい心がけですね。僕はまだいいですから、ゆっくり休んでください」

まるで私が他人の気配を感じると、眠りが浅くなることを知っているみたいな口ぶりだ。

昔言ったことがあったのか？

が、すぐに頭を振ってかき消す。

あのときはまだ大丈夫だった。

いいや、考えるな。

思考に取り込まれるともれなく明日は寝不足になってしまう。

いざというときに使いものにならないのは御免被りたいものだ。

誰も傷つかずに、とまでは言わない。

欲張りすぎは元も子もなくす、という言葉もあることだし、
とりあえず私と彼がじっくり問答を交わせますように。

祈りにも似た希望と期待を胸に、私は寝室へ向かった。

無駄に豪華なベッドの寝心地はまずまずで、我が家の敷布団の寝心地と比べると雲泥の差だ。

無性に泣きたくなった。

宿屋巡りと称した贅沢ツアーを楽しんでいらっしゃるであろう白橋が羨ましい。

ともあれ、明日は早く起きないと。

寝起きの彼は機嫌がすこぶる悪い。

もしも私が寝坊したら確実に地が出る。

あっちも別に嫌いではないが、正直苦手だったりする。

瞼を閉じ、夢の訪れを待つ。

たった数分で私は眠りに堕ちていった。

すぐ近くにあるものほど最も遠いものであることを、知らないまま。

※

あの女は眠ったようだ。

自分を蔑ろにしているように見えて、実はかなりの自己愛主義者だと思う。

何故なら、あらゆる環境であっても身を守る術を知りすぎているから。

本当に自分のことがどうでもいいのなら、どんなことが起こっても気にしない。
僕のように。
客観的な視点と主観的な視点、そして理論的な視点。
多方向から一つを眺めていると思ってもみないことがわかってくる。
女が言っていたが、彼女と一緒にいるところによく出くわしていたのだから
懐かしさを感じて当然だし、今更な気持ちが多分にある。
口に出すことはないが。
言う意味もない。
この関係は事件が終わるまで、だ。
それ以降、女がどこで何をしようが僕にはなんの関係もない。
という考え自体に変化はないのだが……。
腑に落ちない。
言葉に当てはめられない。
苛立ちを紛らわすべく、誰もいない厨房に足を踏み入れる。
冷蔵庫に入れてある酒を取りに来たのだ。
タバコはあまり合わなかったが、酒はまぁそう飲めなくもない。
苦痛に苦痛を重ねても変化が起きないのと同じことだ。

ただ溢れかえりそうな不平不満の塊を飲み干してしまうためだけに、酒を流し込む。
そうすれば、僕はまた何かを失える。
何もいらない。
どうせ足掻いても失うしかできないのだから。
失わずにすむ方法を探して這いずり回ったこともあった。
けれど、現実はどこまでも残酷なだけだった。
失わせるために与える、なんて馬鹿げている。
目に映るもの全てが空っぽで。
空虚な穴をさらに押し広げていく。
痛い。
この痛みはなんだ?
終わりに近づいているからか、
それともあの女がときどき見せる仕草に彼女を見てしまっているせいなのか。
右手で二缶掴み、冷蔵庫を背にして座り込む。
一人きりの世界は好きだ。
誰の声も聞こえない。
彼女の声だけが日々の雑音に意味を感じさせてくれた。

今は……また雑音ばかりになった。
耳が聞こえなくなればいいと思ったこともあったな。
細い刺繍針を耳穴に入れて鼓膜を直接割ろうとしたら、彼に容赦なく殴られた。
聞きたい音も聞きたくない音も、聞けるうちにうんざりするぐらい聞いておけ、と。
いつものように空気の読めない満面の笑みでそう言った。
世界には聞きたい音を思うように聞けない人間がごまんと存在している。
知識として知っていても、やはり簡単には理解できないものだ。
人間は、いざ自分がそういう立場にならなければ理解できない生き物だから。
自分と少しでも違えば「あり得ない」と平気で拒絶できる。
彼女はそんな考え方しかできなかった僕に別の見方もあるのだと教えてくれた。
僕がここにいられるのは、彼女がいたからだ。
昔の自分を忘れてしまいそうになるほど、
彼女と過ごした一分一秒には多大な価値が詰まっていた。
初めて人間らしく生きていた実感があったかもしれない。
幸せは永遠に続かない。
否定しても終わりから逃げられはしないのだ。
この世界の誰もが終わりに怯えて生きている。

馬鹿らしい、愚かな思考だ。
終わりを思い描いて、結末を決めつけて、それで何になるというのか。
所詮他人ごと。
僕は、他人を拒んでいる。
元同僚の彼ほどではないけれど。
自分以外の人間は低能に見える。
見えてしまうのだ。
彼女は、他人だって同じ人間なんだ、と。
だから真心を込めて接していけるんだ、と。
そう教えてくれた。
僕が心奪われた笑顔で。
六年経ったからと言って僕の本質は何も変わらない。
それは僕が一番わかっていた。
でも、彼女の言葉だけは素直に信じられたから。
大丈夫だと思い込んでいた。
それでも嫌な予感はしていた。

僕は時折彼女がいなくなる原因をなんとなく察していたし、
危険な目に遭うことがないように手を回したりもしていたから。
知っていたつもりになっていただけだったのだ。
人間は完璧に、完全に互いを理解することはできない。
幼少から裏切られ続けていたから、嘘を見抜く自信はあった。
驕っていたせいだ。
誰のせいでもなく、僕自身のせいで彼女を殺さなければならなくなってしまった。
正義？
馬鹿らしい、正当性の欠片もない言いわけじゃないか。
自分のやったことを受け止めることもできないくせに、
人間は、警察は、自分たちの行いを平気でなかったことにする。
ファイルには一枚も彼女の写真はない。
証拠隠滅のために処分されたから、だ。
思い出は時間の経過とともに薄れていく。
忘れたくないのに。
願えば願うほど記憶はどんどん書き換えられていき、
やがてぼんやりとも思い出せなくなる。

嫌なんだ。
僕はただの人形になりたくて生きているわけじゃない。
こんな雑音だらけの世界でも、どこかに彼女の思い出があるはずなんだ。
それを一つでも多く見つけたくて。
その一心で生きてきた。
あの女は、不本意だが彼女との記憶を共有できる唯一の人間だ。
職業柄、事件現場に出くわすことは非常に多い。
が、あそこであの女に会ったのは本当に偶然だった。
嬉しかった。
ようやく彼女の思い出を見つけられたから。
彼女をこの手で撃った瞬間を女が見ていたのを覚えていたし、
彼女を僕より知っていて、誰よりも彼女を想っていた人間だったから、
すでに死んだものだとばかり思っていたけれど。
向こうが覚えていようがいまいが関係なかった。
誰かが痛みを負うことなんて僕にはなんのマイナスにもならない。
関係ない人間のことをいちいち気にかけるのは暇な奴か偽善者だけだ。
気まぐれで他人に関わるなんて明日で地球が滅ぶと言われても無理だ。

この星に執着も思い入れもないが、ここには彼女の残した軌跡がある。
それだけだ。
彼女がいた世界だから、僕は何も変えずにここで生きている。
全ての根拠も本質も、僕というモノも、彼女がいて初めて成立していた。
名残にすら縋っていたい、なんて。
彼女はもうここにはいないのに。
どうしてまだ求めているのだろう。
欲しくて、欲しくて。
触れても、話しても、一緒にいても、欲望は溢れてきた。
止まることを知らない、淀みきって識別のできない色の濁流のようだ。
汚く醜い、人間の欲望。
その果てが最悪の終末だった。
事実はただの事実でしかないと言い聞かせてみたところで、
理解しようという気にもならない。
なんて我がままな……。
最後の一滴まで飲み下し、空き缶をゴミ箱に捨てる。

気づけばすっかり明るくなっていた。
女を咎められなくなったか。
僕もたいがい思考に溺れやすい。
自嘲を含んだ笑み。
鏡に映ったソレは今までで最も人形に近い顔だった。
あぁ、疲れた。
計画的に捜査を進めているわけではないから、
本気で終わらせようと思えば終わらせられたのだが。
ここまで時間を費やしたのは、女に思い出させたかったからなのかもしれない。
彼女の最期を。
どんな顔で死んでいったのかを。
そうでなければ彼女が報われない。
何故なら、彼女がアレに関わったのは他でもない、あの女のためだったのだから。
女が人間不信に陥りかけていることを知った彼女が見つけた神に背くソレは、
人間というもの自体を内側から創り変えてしまう、
到底人間なんぞの手に負えるものではなかったのだ。
助けたい。

大切な親友を助けたい。
その愛情が、皮肉にも彼女自身の命を奪った。
僕が正義を信じられなくなったのも、拒絶に慣れたのも、
あの薬が作られてしまったせいだ。
「みえる」薬。
それがなんなのか、詳しくは僕も知らない。
が、わかっている情報もある。
一つは、それが未完成だということ。
二つ目は、試作品を服用した人間は服用した瞬間に与えられた命令を実行すること。
たとえば、女が無理矢理服用させられたときに与えられた命令は、
「ここで見た記憶は忘れろ」だった。
与えられた命令を何度阻止しても、服用した人間はそれを完遂するまで止まらない。
心優しかった彼女は、自分が加担して作ったモノの効果を知っていた。
それでも彼女は望んだ。
不器用な親友に人並みの幸福を、と。
哀れなものだ。

望みを叶えるために神にまで背いたのに、
その末路は最愛の僕に撃たれて死ぬことだったなんて。

もう引き金を引けなくなった。
あれからは一度だって撃っていない。
撃ち出された弾丸はどんなに叫んでも止まることなく、
定めた狙い通りの場所に飛んでいく。
標的に当たる寸前に誰かが飛び出してきても。
過去は戻せない。
幾億の業を背負っても、幾億の屍を踏んでも。
やり直せる方法も知らなければ、この思考を振り払う術も知らない。
思考を重ね続けて、自分の犯した罪を自己暗示のように呟くしかできないのだ。
歯痒いと思う。
変えられるものならとっくに変えているのに。
納得できない、というか、納得するつもりがないのだからどうしようもない。
罪を受け入れながら、ただありのままを受け止められる強さがないから。
彼みたいには、なれないから。

僕は何がしたいんだろう。
結局は生きているだけだ。
ここにはいない女と同種だ。
出口を探して歩くだけなら足を動かす意味はない。
意志がなければいる必要もない。
僕が僕として死ぬためには何が必要なのだろうか。
事件を解決してもあとが続かない。
今更になって気づいた。
けれど、これ以上考えたくなくて。
冷蔵庫の前に再び腰を下ろし、瞳を閉じる。
眠れたとしても二時間が限界だ。
時計の針が六を指したら起きなければならないからである。
女の起床時間に興味はない。
起きてこようが寝坊しようが、あとで迷惑にならなかったらそれでいい。
面倒くさい。
眠るのも体力がいるし、近頃は急激に冷え込んできたから
防寒対策までしないといけないときた。

季節なんてものが当たり前のように存在しているということまでも、
苛立ちの原因になっていた。
当然の話だ。
隣にはもう何もないのだから。

睡眠薬……。
いつも飲んでいたのに、思考に意識をもっていかれていたからすっかり失念していた。
これでは一睡もできないじゃないか。
と、焦ったのは数分だけで。
数分後には睡眠を取ることがどうでもよくなっていた。
体調管理がなっていないと、現役時代によく怒られたものだ。
空気は読めないくせに本当に部下のことはよく見ている人だった。
馬が合わない人間だと思い込み最初は毛嫌いしていたが、
今でも彼は僕を心配して余計な世話まで焼いてくれたりする。
元同僚の心底嫌そうな顔をからかいに行ったり、
新入りらしい男にやたら糖分の大切さを語られたり、
眼鏡の男に睨まれた挙句、舌打ちされたり。

誘いを断ったことを後悔している。
あの人ならきっと僕の醜い部分まで見てしまうだろう。
それでも何も言わずにいつものごとく馬鹿みたいな話をしてくれる。
彼を傷つけるのは嫌なんだ。
彼女のいなくなった世界で、守るものを失った僕を見捨てないでくれた人だから。
馬鹿すぎるのだ、彼は。
そして同時に、僕も馬鹿みたいに尊敬してしまっている。
栖峨維人という男を。
閉じていた目を開き、緩慢な動作で立ち上がる。
さっき見たときは四時半だったのに、今見たら五時四十分を指していた。
感傷に浸りすぎてしまった。
僕らしくもない。
絶望の味には飽きた。
かと言って、別に希望の味を知りたいとは思わない。
だが、納得できていないし、放置するには関わりすぎた。
首を突っ込んだからには責任を負わなければならない。
守るためだけじゃない。

そもそも今の僕に行動する理由も動機もない。
理由がどうした。
動機がなんだ。
それがなければ行動してはならないなんて誰が決めた?
そんなものはあとでいくらでもつけ足せる。
彼女が愛したこの世界で、彼女が泣かなくてすむように。
真実を曝け出してやる。
幕間は終わりだ。
彼はまだ知らない。
踏み出した一歩がすでに自分の意志で行われたものだということを。
手を伸ばした先にある真実が如何に遠いものかを。
耳を澄ませて聞くがいい。
これが最後の幕開けだ。

※

明け方の空を見るのは好き。

幼い頃、それを見るためだけに夜中からあの子と一緒に近所の公園へ出かけたりもしたぐらいに。

特にジャングルジムの一番上から見る空は最高に綺麗だった。

目を輝かせて、日が昇りきるまで飽きずに眺めて。

帰ってから親に怒られたりもしたけど、私たちにとってはいい思い出で。

久しぶりによく眠れた。

こうやって昔の記憶を思い出しても、息苦しくなることも気を失うこともない。

体調がよくなったとは言い切れないけど、

いつも味わわされている苦痛が減っただけでもだいぶ楽だ。

瞼を開けて初めに見えたのが白光、というのだけは微妙だったけど。

慣れないものは慣れないし、馴染みにくいものはどうやっても馴染まない。

庶民にはお金持ちの暮らしを続けられないということだろう。

身の丈にあったものでないとどんな贅沢も無駄になってしまう。

白橋には悪いが私は庶民なのだ。

ベッドよりも敷布団派だし。

文句が多い、と怒るだろうか。

いや、彼はそんな面倒くさいことを率先してやる人間じゃない。

精々忌々しげに舌打ちする程度だ。
リアルに想像できてしまった。
朝は基本的に何も口にしないから、やることと言っても歯を磨いて
顔を洗うぐらいである。
女は身支度に時間がかかるそうだが、そんなことを言ったら私はどうなんだ。
人間はこうなんだと仮定するのは個人の自由だし
私にはなんの関係もないが、大々的に発表するとなると話も変わってくる。
仮定が誰に対しても的を射たものであるかと言えばそうではないのだろう。
私のような例外だっているのだから、
どんな仮定も基準も摂理も理も、人間には当てはまらないと思う。
人間だから、としか言えないが。
根拠が漠然としていようと、釈然としないのだから仕方がない。
型に嵌めようなんてそもそも無茶なわけだし。
自分はただ「自分」である。
それ以外の何ものでもない。
中途半端だろうと完璧だろうと、それ以外のなんにもなれない。
だから存在している。

自分として生き、また自分として死ぬために。
我ながらクサい台詞だと苦笑いする。
必要ないとは思うがいつものように薄化粧もして。
彼の部屋は二つ隣だから少し面倒ではあるが一応様子を見に行ってみようか。
もしかしたら寝顔なんぞを拝めるかもしれない。
人一倍警戒心の強い彼の寝顔を見ても何もないけれど、
好奇心を制御できないのが私の悪いクセなもので。
自分自身に言いわけを並べ立て、白橋の部屋の前に立つ。
こういうときは深呼吸するのがお約束だ。
テレビの観すぎだな、と思いつつも息を吸い始めている自分がなんだか笑えた。
ここに他人がいれば通報されていたかも。
そう思うだけで止める気など毛頭ないわけだが。
三度目の息を吐き出し、ドアノブを回す。
……開いている。
無用心な、と思わないでもないが、
彼のことだから面倒になった可能性もまぁあるわけで。

この洋館にいて、しかも彼の部屋に入る確率が高いのは私だけど、そこは考えなかったのだろうか。

若干疑問に思っただけで中に入ることをやめようとしないのも好奇心が強すぎるということにして、遠慮なく僅かに開けたドアの隙間から身体を滑り込ませた。

簡素な部屋だ。

部屋に三歩ほど入った私の感想は呆気ないほど単純だった。

そうは言っても他に何も思いつかない。

残念ながら私には無理に長所を見つけ出す才能もなければ生粋のクレーマーでもないから、何もない場所から新たな視点を生み出してまで感想を作ろうとも思えなかった。

「どこに行ったのかと思えば……。

僕の部屋に何か用でも？」

「う、ううん！

白橋君はまだ寝てるのかなーって思って見にきただけよ」

「そうですか」

疑っているのは目を見ればわかるが、何も言わないのは何故なのだろう。

てっきり嫌味がくると思って身構えていたのに、
不完全燃焼になってしまったじゃないか。
が、私がここに来たのはそんなことを言うためではない。
頬を人差し指で掻く。
どう切り出せばいいものか。
ない知恵を振り絞って思考していると、白橋が私の右腕を掴んで歩き出した。
なんなんだ、いきなり。
彼は思っていることを簡単に口に出さないのでこっちには見当もつかない。
いつものことだ。
今日も何も変わらない。
私はわざと彼の目の下の隈に気づかないフリをした。
追及されたくないだろうから。
似ているからわかる。
踏み込んでほしくない線が。
だからそれを尊重したい。
彼が私に踏み込んでこないのと同じように。
腕を引かれるのに任せていると、昨日の食堂に辿りついた。

思わず顔が引きつったのは条件反射だ。

私が朝食を食べないことを知っていて尚勧めてくるということは、今日がそれだけハードということだろう。

表情を歪めている私の正面の席に座り、淡々と注文をする彼が楽しそうに見えるのは幻覚か。

注文してから会話は一切なく、五分と待たずに料理が運ばれてきた。

並べられていく料理の皿を眺める。

それぞれの量は大したことないのだろうけど、それが何皿も、となると……。

咽頭に何かがせり上がってくる不快感に、だんだん血の気が引いていく。

「無理でしょうけど、食べてくださいね」

「なんで今日は食べさせようとするのよ」

「貴女に体調を崩されるとあとあと面倒なんです。

ですから、吐いてでも食べてもらいます」

有無を言わさぬ言い方。

昨日の一件から彼の中で何があったのだろう?

罪の意識を感じている、わけではない。

避けられる面倒を避けているだけ。

その程度の認識なのだ。

他人から見たらそう見えてもしょうがないのかもしれないが、私には難関にしか思えない。

生き地獄と言ってもいい。

膨らみ続ける吐き気を押し込み、皿に盛られたサラダに手をつける。

新鮮な野菜だけをふんだんに使っているようで、歯触りもシャキシャキしていて、しかも一回でそれなりの量を食べられる。

回数を分けないことでなんとか不快感から逃れる。

食事というよりは戦闘を繰り広げているというほうが合っているだろう。

十分弱で山盛りのサラダ一皿を片づけ、直後に机へ突っ伏した。

「香藤さん、倒れるのはあとにしてください。

　先に言うことがあるはずですよ」

「ご、ちそう、さま……です」

「結構」

白橋はすでに私が片づけたサラダ皿以外の料理を平らげていたらしい。

外見的にはそんなに大食には見えないのに、これがなかなかよく食べる。

丁寧に口を拭う様子をつい呆けた顔で見つめてしまった。

「何かついてます？」

「いや、いつもと同じで無愛想な顔だけど。よく食べるんだね、君は」

「貴女が食べなさすぎなんですよ。さぁ、そろそろ行きましょうか」

「休憩とかしなくても大丈夫？」

「これでも刑事だったんですが？　この程度で音を上げていては務まりませんよ」

「あ、そう」

皿を下げるように指示し、ついでにチェックアウトも済ませる。

実に無駄のない動きだ。

私だったら絶対にテンパる。

昨日受付の人と話せたのは奇跡に近い。

ふと思考を止めて、車を取りに行った彼を追いかける。

うっかりしていると本気で放置されかねない。

しかし、そんな懸念も綺麗に吹き飛ばしてくれた。

駐車場に向かうと、白橋が助手席のドアを開けて待っていたのだ。

「珍しい……」

「気が向いただけです。

乗るならさっさと乗ってくれませんか」

「うん、ごめんごめん」

拗ねている彼の手を取り、するりとシートに滑り込む。

これ以上機嫌を損ねるのもなんだし、悪い気もしたから。

私が乗り込んでからすぐに車を発車させたところをみると、根に持つ性分のようだ。

今日で縁も切れるというのに妙な気分になる。

前回と同じ轍は踏みたくないので、今のうちにしっかりシートベルトをしておく。

痕にはならなかったが、あれは嫌な思い出としてちゃんと覚えている。

実に不本意だが。

「ここから警察の本部ってどれぐらいなの?」

「普通に走れたら一時間ほどで着きます」

「何か意味深な言い方……」

「仕方がないでしょう。

どうせ普通に辿りつくなんてできないんですから」

「どういう意味?」

「僕たちが彼らのことを嗅ぎ回っていることをとっくに知っているからですよ」

「それまずくない？」

「そうなるように仕向けたんですからそうなってくれなくては困ります。僕たちに彼らの意識を向けることが目的なんですよ、実はね」

「なんで？」

「少しは自分で考える努力をしようと思わないんですか」

「だって白橋君が何を思ってるかなんて言ってくれなきゃわからないじゃない」

「……貴女は根に持つタイプなんですね」

「白橋君には言われたくないわ」

やられっぱなしというのは気に入らないのだ。

思わぬ反撃に、また彼の表情が動いた。

面白い人。

内心でほくそ笑み、正面に視線を移す。

「あれ？　後ろから何か来てない？」

「ええ。さらに言うなら、駐車場を出たときからついてきてました。おそらくずっと僕たちを監視していた方々でしょう。警察も案外暇なんですね、感心します」

「それが嫌味だっていうのは私でもわかるんだけどなー」

「これは失礼。うっかりしてました」

サイドミラーに映っているだけでも七台は確認できる。ということは、後続にはもっといるわけで。

ぞっとする。

なんで私たちを追っているのかは知らないが、捕まったらどんな目に遭わされるのやら。拷問なんかもされるかもしれない。

青ざめる私とは対照的に、白橋はひどく楽しそうだ。

予想通りに彼らが動いてくれたからだろうか？

揃えた両膝の上で両手を重ね合わせる。

あの子が生きていたときに二人で考えたおまじないだ。
これをすれば何故か気持ちが落ち着く。
思い込みだと言われたっていい。
私にできることはこれしかないのだから。
免許を持っていない私が運転を代わったところで結果はみえている。
第一彼が代わらないだろうし。
そういう人だ、白橋大典は。
紳士的に振る舞うくせに、その親切はどこか中途半端で。
なのに人間臭くて。
昔から彼は何も変わっていない。
少しずつではあるが記憶が思い出せてきている。
こんなタイミングでなければ彼にも伝えられるのだが。
一瞬だけ、彼と視線がかち合った。
何か言いたげだけど、結局何も言ってくれない。
言いたいことがあるんだったら言えと言ったのは彼なのに……。
言いたくないなら、当たり障りないところまでなら聞いてもいいだろうか。

逡巡もなしに私は口を開く。

「白橋君、どうしたの？」

「そろそろ鬱陶しくなってきたんですが、本気で撒いてもいいですか」

「私が嫌って言ってもやるくせに」

　白橋君に任せるよ、全部。

　だから納得できるところまで頑張って」

「一言余計ですよ、香藤さん」

皮肉っぽく口元を歪め、一気にアクセルを踏んだ。

ぐん、と車が悲鳴を上げて加速していく。

スピード違反じゃないだろうかというほどの速さで、朝の高速を走る。

法律がどうとか言っている場合じゃないのはわかっているが、本当に大丈夫なのか。

危機的状況でも平然としていそうな外見とは裏腹に、今の彼の目は真剣だった。

真剣にこの追いかけっこを楽しんでいる。

だが、やはり向こうは組織なのだ。

いつの間にか両サイドにパトカーがいて、こちらの車を停止させようと
車体をぶつけてくる。

このまま走っていれば事故るのは間違いない。

そう思っていても私は焦りも慌てもしなかった。
信じているのではない。
ただ、彼に任せた以上は何があっても動じるわけにはいかないから。
一キロほどそんな調子で突っ走っていたら、突然白橋がブレーキを踏んだ。
普通車でよかったと思った。
軽自動車だったら確実にシートベルトの拘束を無視して前に突っ込んでいっていた。
咄嗟に反応できなかった二台が見事にぶつかり、
耳障りな音を立てて道の両端に転がっていった。
が、息つく間もなく次の二台が来る。
それすらも読んでいたかのように、白橋はハンドルを力任せに回し、
不規則な走行をさせる。
「う、わ!」
「しっかり掴まっててください。
またどこか打ちつけたいんなら別ですけどね」
「そんなわけないでしょ!」
言い合う余裕はまだあるらしい。

けれど、発汗機能の有無を疑いたくなるぐらい汗をかかなかった彼が額に汗を浮かべているところをみるとさすがに茶化せない。

気を引き締めるのは私じゃなくて彼のほうなのだが、わけもなく呼吸を整えてしまう。

不規則な動きをしても対応してくる車もいて、
アクセルを踏んだりブレーキを踏んだりを繰り返している。

このしつこさは普通じゃない。

一体私たちが何をしたというのか。

白橋はそれが狙いだったようだが、真意が全く見えない。

「こんなときでも考えごとですか。

呑気な人ですね、貴女は」

「そういう白橋君だって、こんなときでも嫌味言えるなんて相当ひねくれてるんだね」

「何度も言いますが、貴女の基準で勝手に決めないでください」

「だったらこの状況をどうするつもりなのかぐらいは教えてよ」

「言わなくてもわかるでしょう。

もうすぐ決着はつきますよ。

僕の予想が外れていなければ、ね」

予想？

毎度毎度思うけれど、彼はいくつの予想をどこまでしているのだろう?
私の思考も把握していて、それでも自分の予想を立て続ける。
二つをいっぺんにこなすことは容易なことではない。
息をするのと同じぐらいの自然さで、彼はその難題をやってのけてしまっているのか。
ますますわからない。
私には彼を理解することはできない。
かと言って、今すぐにでもこの車を降りようとは思わない。
彼の口から問いの解答を聞きたいから。
今はそれだけでいい。
「時間ピッタリですか。
さすがですね」
「え……?」
納得と硬直。
またしても真逆の反応をしていることにツッコむ暇もなかった。
何故なら、あれだけしつこく追ってきていたパトカーの群れが後退していったから。
「なんで?
私たちを捕まえるのが目的じゃなかったの?」

「そうですよ。

ですが、それよりも優先しなければならない事情ができただけです」

「つまり、優先順位が変わったってこと？」

「簡潔に言えばそういうことです」

楽しそうな表情を一瞬で無表情に切り替えながら、口調だけは柔らかく説明してくれた。

それ以外は全く正反対だったけれど。

気を取り直し、今度は丁重にアクセルに足を乗せた。

この車は明日あたり修理に出されるんだろうか、
と疑問に思ってしまったが口には出さない。

「またくだらないことを」と言われるのなんてわかりきっているから。

残った疑問は横に置いて、私はシートに身体を沈ませて目を閉じる。

今なら満足いくまで眠れそうな気がした。

「香藤さん？」

黙り込んだ私を不審に思って声をかけてくれたんだろうが、
もう何を言っているのかもわかっていない。

初めてかもしれないな。

こんなに、静かに眠ったのは……。

恐怖に呑まれず、過去に追われることもなく。
眠りの淵へ意識を託した。

第四章

意識が戻ったときには車は停車していて、
しかも警察本部の人間に周りを包囲されていた。
展開が急すぎるのは今に始まったことではないが、今が最速なんじゃないだろうか。
「おや、起きたんですか。
タイミングの悪い人ですね」
「それはゴメン。
でも、これはなんなの？」
「僕の予想は半分しか当たらなかった、ということです。
あの人のためにももう少し引きつけておきたかったんですけどね」
さも残念だと言いたげな表情を作っているつもりのようだが全然できていない。
彼と行動を共にした三日の中で今日が最も疲れた。
まだ午前も終えていないというのに。

それも睡眠のあとだというのに、消費しきれていない疲労感は積もるばかり。

そーっと息を吐き、ドアを開けてくれる彼を睨めつける。

本気ではなく単なる戯れだ。

言わなくても私の意思なんて容易く汲んでくれるだろうと確信しているから。

囲まれている状況でも、あり得ない数のパトカーに追われている最中でも、思考は止まらない。

思考を重ね続けることに意味がある。

それを教えてくれたのは白橋だ。

つまり、私にできるのはこれだけだということで。

他は彼に任せても問題ない、というメッセージなのだ。

言い換えれば、余計なことはするなよ、と。

そうなってしまうわけだが。

「どうするつもり？

　ここで捕まったらヤバイんじゃない？」

「貴女に言われなくてもわかってます。

　ですから、こうやって考えてるんじゃないですか」

「あ、今考えてたんだ」

「ここまで来た甲斐がなくなるのは癪ですし。彼らにだけは触れられたくないんですよ」

「同じ職場の人だったんでしょうが」

「過去の話です。

　僕にとっては、ね」

吐き捨てるようにそう言う彼をみてようやく安心した。どこか作っている感じがあったから。

私がそう感じただけで実際はどうだったのかわからないのだが、これだけは自信を持って言える。

白橋大典は天才だ。

性格は最悪だが、脳の回転速度も理解力も並じゃない。

危機を焦るより先に彼らへの不満が飛び出るぐらいなのだ。

今策を考えていると言っていたけれど、百パーセント嘘だと思う。

だってほら、隣から彼の気配が消えている。

私は車の傍に隠れて、彼の姿を探す。

「ひぃ⁉」

視線をうろちょろさせていたのが災いして、真正面から投げ飛ばされてきたらしき男を避けそこねてしまった。大人の男一人の重量なんて知りたくもなかったのに……。

のしかかっている男の腹あたりを思い切り蹴り、どうにか下から這い出る。

「すいません。久しぶりに身体を動かすもので、つい加減を誤ってしまいました。怪我はありません？」

「……おかげさまで」

「はは、相変わらず素直じゃないな」

「笑いごとじゃないから！」

人の不幸を笑うとろくなことにならないと言うが、是非とも今お願いしたい。

「っていうか、まだいっぱい残ってるみたいだけど？」

「問題ないな。奴らの目的は俺らじゃないみたいだし」

「そうなの？」

「ああ。
もし俺らが目的なら、あんな生温い方法なんか使わず、
奴らのどれかが車ごと突っ込んでくりゃそれで終わる話だろ。
けど、奴らはそれをしなかった。
いや、違うな。
俺らを捕まえようとしていた、ってのが合ってる」
「私たちに死なれたら困る何かがあるんだ？」
「そういうことになる。
行くぞ。
この奥だ」
「今日はそっちでいくつもりなのね」
「今更、だ。
俺としてはどっちも面倒なんだが、今日だけは特別ってことにでもしとけ」
「そ」
彼がいいなら私が文句を言う必要はない。
一つ、肯定だけを返す。
道をあけるみたいに、待ち伏せていた人の群れが動き出した。

その動きに合わせて私たちも奥へ向かって進む。

「奥に何があるの？」

「見てのお楽しみだ。

どうしてもって言うならまぁ言ってもいいが」

「途中で止めないでよ。

余計気になるでしょうが」

「文句の多い女。

この奥には奴らが後生大事に隠してる重要機密の宝庫があるんだよ。

その中にお前の知りたい真実もある」

「じゃあの子が死んだ理由もわかる？」

「そうだ。

俺が撃ったことも、な」

「それはもういい」

「いいのか？

明日にはもう顔を合わせることもないぞ」

「知ってる。

でもさ、考えてみたら簡単なことだったんだよ。

あのときも言ったけど、白橋君と同じにはなりたくない。

また繰り返すのはうんざりだし」

「お前の好きにすればいい。

後悔しないなら」

「しないっていうか、できないわ。

それじゃあなんのためにここにいるかわからなくなるじゃない」

後悔しても過ぎた時間を巻き戻せないことなんて嫌というほど知っている。

六年前、全てを失ったときから。

巻き戻すことも怖くて現実を受け止めきれなかっただけの日常に、

後悔などできるものか。

むしろ後悔しているのは彼のほうだろう。

これだけは真実を見なくてもわかる。

自分以外にも目を向けられるようになってからやっと気づいたことがある。

ときどき彼は私をみては無表情を僅かに崩す。

その意味が理解できた。

あの子を重ねていたのだ。

後悔していないはずがなかった。

あれだけあの子を愛していた彼が、自分の手で命を奪わなければならなかったのだから。

感情に支配されて人は悪者を作り、全部あいつが悪いと責任を擦りつけて。

そんな方法で身を守っていたつもりになって。

一番苦しんでいる人を追い詰めてしまった。

「馬鹿だね、私」

「わかりきったことを言うな。

俺は別に謝罪なんて求めてない。

彼女を忘れてたっていうのがムカついただけだ。

あれだけ大事に想われてたくせにってな。

ガキみたいな嫉妬だよ」

「白橋君……」

「くっちゃべってないで早く入れ」

「はーい」

話していると時間の経過が早く感じる。

そうしみじみ思いながら、部屋の中に入った。

「うわ……！」

「その反応が普通だな」

感心したように頷き、白橋は一つのパソコンの前に座る。

ポケットからＵＳＢを取り出し、差し込み口に突っ込んだ。

何をするつもりなのだろう？

後ろから画面を覗き込んでみる。

文字の羅列ばかりで、それが何を表しているのかも、
どんな意味を持っているのかも理解できない。

「これは？」

「お前にはわからないだろうな」

「そんなのわかってるわ。

だから聞いてるんじゃない」

「わざと文字化けさせてるんだよ。

このファイルを開いた部外者が情報を外部に漏らさないように」

「相当重要なんだ、ソレ」

「まぁそうだろ。
こいつは奴ら一人一人からパクったうちの唯一見つけた本物だからな。
それだけ見られたくない情報が入ってるってことになる。
要するに、俺らが探してる真実はこいつに全部あるってことになる」
「確かに。
最重要機密、って言うんだよね」
「一般的にはな。
俺らの間じゃ、〝S〟って呼んでたんだ」
「何それ？」
「情報のランク。
一つ一つの情報をみて、それの重要性で分けられてるんだと。
一番下、重要性が大してないやつがAマイナス。
そっからAプラス、AA、AAAと続いて、最後にSがくるってわけだ」
「こうやって聞くとあんまり実感湧かないわ」

「お前らには精々暗号ぐらいにしか思えないだろうしな。

気にするな、お前だけじゃない。

刑事っていっても、マジの下っ端連中は情報にランクがつけられてることすら
知らなかったんだぞ」

「上とか下とかって面倒くさそうね」

「どこでも同じようなもんだ。

不満の一つでも言おうもんなら容赦なくクビを切られる。

今の社会の実態って言っても過言じゃない」

「どんな真実でも、押しつぶされたらなかったことになっちゃうしね」

「腐った世の中だ。

でも、そんな世界だろうがなんだろうが俺は死ねないんだよ。

彼女が俺に言ったからな。

守ってみせる。

これしかできないから」

「白橋君はやっぱり憎めない」

「変な女」

「だって本当の気持ちなんだもの」

口と手を同時に動かす彼の隣に座り、肩にもたれかかった。
振り払われると思ったけれど、
彼は私に反応を返すことなく画面に目を張りつかせている。
暗号解読には十秒少ししかかからなかったが、
出てきた情報の量が想像を遥かに超えていたのだ。
必要なものとそうでないものを仕分ける作業だけで何日もかかりそうなぐらい。
邪魔にはなりたくないけど手助けがしたい。
「ねぇ、白橋君。
それってパソコンなくてもできる?」
「何を考えてるのかは知らないが、お前はそこで見てればいい。
データ管理は専門じゃないんだろ?」
「専門外なのは資料整理だよ。
その他はそれなりにできると思う」
「だったらそこら辺に散らかってる資料を案件ごとに分けてくれ。
あとで検証したい」
「わかった」

一人でできることに限界があっても、
二人ならやりようによっては限界などというものは関係なくなる。
紙の仕事は金輪際お断りだったが、今回は例外だ。
見つけてやる。
知りたかった疑問の解答を。
それが完璧な真実じゃないとしても。
私自身を無理矢理納得させるのは嫌だ。
何十台もの監視カメラの映像。
その前に散乱した紙。
この有様を見れば、私たちが来る数時間前に誰かがここにいたことがわかる。
その誰かが情報を持ち去った可能性も考えられるが、
彼は全てわかっていてそれでも真実を探す手を止めることはない。
結果には興味ない。
自分自身を納得させられる答えを見つけられれば、私たちの勝ちなのだから。
「あった！」
「なんだ？」
「たぶんこれが白橋君を辞めさせた目的だと思う」

「どういうことだよ。俺は自分で辞めたんだぞ。なんで奴らが」

「そこなんだよね」

「だから、何が言いたいんだ」

「白橋君は撃たされたんだよ」

「な、に？」

「白橋君があの子を撃って、それが原因で警察に失望し、辞職する。その構図は上の方の人たちが作り上げた筋書きだったたってことね」

「なんのために？」

「気づかれるのを恐れたから、じゃない？　頭のいい人間は邪魔になるっていうのもあったんだろうし」

「そうか。そんなに大事なのかよ、例の薬は」

「例の薬？」

「そこに書いてないのか」
「うーん……。
　こっちかな」
手元にある紙を捲り、二枚目に目を通す。
すると、気になる一文を見つけた。
「我らの計画はもうすぐ完遂する。
　思い知るがいい。
　これが神に最も近い薬だ。
　我らは間違ってなどいなかった。
　これで誰もが幸福を手に入れられる。
　差別も、迫害も、戦争もなくなるのだ。
　完璧だ。
　完璧になるのだ」と。
さっぱり意味がわからないけれど、少なくとも理解したいとは思わなかった。
不愉快にもならない。
単なる戯言だ。
「この紙には、〝計画〟とか〝神に最も近い薬〟とか書いてあるよ」

「それがビンゴだろ。計画っていうのは、おそらく連中が六年前から陰でこそこそ動かしてたやつのことだろうな。で、薬に関しては前に少し話したが、〝みえる〟薬ってのがあるらしい」

「うん、聞いたような気がする。神に最も近いとか完璧とかちょっとよくわからないんだけど」

「初めは奴らとか薬の製作に関わってた学者共がほざいてる狂言かと思ってたんだが、それがどうも本当らしいことが発覚してな。そのときに彼女も……」

「そっか」

撃ったのではなく、撃たされた。

その真実だけで発狂しそうなものなのに、彼は平静を必死で保っていた。

なんて強い人なんだろう。

今までだって耐えてきたに違いない。

それなのに彼はまだ我慢している。

感情は暴走したら止まらなくなるから。

今できることをしなければ。

その義務感一つで溢れそうな憎悪を抑え込んでいる。

自分のことじゃないのに、悔しくてたまらない。

どうして？

頭がよかっただけだ。

あの子だって、私や彼を助けたかった。

ただ、それだけだったのに……！

自分たちが幸福になるために、完璧になるために犠牲にされた。

悔しい。

我が身可愛さとは言っても限度がある。

自分勝手なんてまだ可愛いほうだ。

「何泣いてんだ」

「白橋君がっ……泣かないから、でしょ」

「ハッ。

頼んでないぞ、そんなもん。

資料は」

「おわ、た」

「寄越せ」

「ん」

片手で涙を拭きながら、震える手で紙を渡す。

冷静に、データの情報と資料を照らし合わせていく。

少しは助けになれただろうか。

そうでなかったら、私のしたことは意味のないものになってしまう。

「なるほど。

お前のおかげで全部繋がった」

「も、う?」

「ああ。

これであとはあの人に任せられる」

「あの人って」

「栖峨さんだよ。

お前もこの間会っただろ」

「あ、あの人か」

「泣き止めよ、面倒くさいから」

「冷たいね、ホント」

「求める相手を間違ってるんだろ」

「だね」

パソコンの電源を落とし、用済みだとばかりにＵＳＢとパソコン本体を盛大に破壊した。

バキ、ガチャ、ガツン
並の脚力ではそこまでできないだろうというところまで砕き、続いてライターを取り出して、資料を一気に燃やし始めた。

「もういいの？」

「俺が欲しい情報はもう覚えたからな。それに誰が来るかもわからない場所を放置しとく理由もないだろ」

「それはそうだけど……。いろいろと問題にされそうな気が」

「気にするな。そういう小細工は俺の専門外だから栖峨さんの部下に頼んである」

「栖峨さん以外の人とも面識あったんだ」

「まぁ一人いけ好かない奴もいるけど。能力の高さと正確さは一目置いてる」

「白橋君がそういうんならきっとすごい人たちなのね」

「さぁな。
出るぞ。
用があるなら置いてくが」
「い、いや、ないよ」
「ならさっさとしろ」
「はいはい、わかりましたー」
そのあと警察本部を出た私たちは、ひとまず近くのカフェで休むことにした。
諸々の詳細説明も兼ねて。
頭がいい彼にはあれだけでも多様な情報を得られたようで、
私が質問攻めにしてもほぼ即答する勢いで答えてくれた。
あの子は薬の製作に関わっていた学者たちの助手をしていて、
偶然にも試薬を服用している現場に出くわしてしまったらしい。
そこで彼女は、恋人である白橋に知らせようとした。
が、彼女自身も強制的に試薬を飲まされてしまい、それができなくなってしまった。
そんな彼女に与えられた命令が、白橋を殺せ、というものだった。
殺したくない。

心の葛藤も封じられ、違う何かに作り変えられていく恐怖に怯えながら、
ただ死ぬ日を渇望していた。
そんなときに、彼と彼女は再会してしまったのだ。
警察と思われる男に銃を手渡され、彼女は躊躇なく白橋に銃口を向けた。
それだけの行為で。
その刹那の相対で。
白橋は全て察してしまった。
彼女が何に関わっていたのかも。
何故彼女が自分に銃口を向けているのかも。
知って尚、彼は撃たれる前に撃つことを選んだ。
彼女を溺れるほど愛していたから。
愛する彼女が自分の血に塗れるのを見たくなかったから。
死ぬこと自体に恐怖なんて微塵も感じなかった。
むしろ彼女と一緒に死ねるならそれも悪くないのかもしれないと思ったくらいだ。
だが、それは選べなかった。
彼女が何よりそれを望まないことをわかっていたからである。
失望したのは嘘じゃない。

最愛の女を撃たなければならない理由を作った元凶が
警察という組織そのものだと、理解できたから。

国を守る、国民を守ると謳いながら、やはり己の欲望には抗えなかった。

それだけの話だ。

しかし、国民にしてみればそんなもの知ったことではないわけで。

守ると言った以上何があっても守りぬくのが当然だろう。

口に出した言葉はもうなかったことにはできない。

彼らにはそれがどういう意味なのか、真の意味で理解できていなかった。

終始無表情で語る白橋に、胸が痛くなる。

抑え込まなくてもいいのに。

終わったのだから、自分を許してもいいのに。

気を張り詰め続けていればいずれ壊れてしまう。

「それから、屋上の死体と地面に刺さっていた死体の件ですが」

「白橋君」

「なんです？」

「いいじゃない、演じなくて。

もう隠す理由なんてないんだしさ。

白橋君も言ってたでしょ？

明日には顔を合わせることもない、って」

「ええ、言いましたよ。

ですが、いいんですか」

「うん。

最後くらいは演じてない素の白橋君と話したい」

「変わった女だよ、お前」

「よく言われるわ」

「んで、続けてもいいか」

「どうぞ」

促すと、紅茶の入ったカップを持ち中身を飲み干した。

また長くなるということだろう。

紅茶は熱いうちに飲まないと紅茶に失礼なんだそうで、
こうして話が長くなるときは決まって先に紅茶を飲み干してしまうのだ。

変わっているのはお互い様だ、と言いたい。

「まず、屋上で見つけた大量の血は、
あの小部屋で見つけた袋の死体のもので間違いない。
次にその死体の身元だが、
六年前の薬の製作に関わってた学者を殺しまくった事件で見つけきれてなかった誰かのものだそうだ」
「根拠は？」
「飲んだくれに調べさせた結果報告書に書いてあった」
「あぁ、あの居酒屋で会った人？」
「そう。
あいつ、腕は確かだからな。
本部の奴をこき使うぐらいなら、
あいつに嫌味言われてもやらせたほうが何億倍もマシなんだよ」
会った当初は嫌いなんだとばかり思っていたけれど、
単にお互い人間不信が強すぎるのか、信頼なのか、
利用し合っているだけなのかの線引きができないだけらしい。
存外可愛らしい部分もある男だ。
「それで、地面に刺さってたのは？」

「あれは刺さってたんじゃない。

あそこに道路が作られる前に埋められたんだろ。

生コンの状態だったら力はそんなにいらないしな」

「誰も気づかなかったのは、
あの状態を景色の一部として認識してたからっていうのは聞いたけど、身元は？」

「それはまだ調べてる最中だ。

もしわかったら栖峨さんから連絡してもらえるようになってる」

「そうなんだ。

とにかく、これで事件は解決した……んだよね」

「そうなるな」

「白橋君」

「なんだよ」

「後悔、してない？」

「何を」

「私を捜査に同行させたこと」

「聞くまでもないだろ。

後悔しかしてない。

お前いちいちうるさいし馬鹿だし、しかも世間知らずだし。

けど、お前でよかったと思ってる俺もいる」

「え？」

「お前じゃなかったら、俺はまた刑務所に逆戻りしてただろうし」

「それってどういう……？」

「人殺したら牢に入れられるってことぐらい知ってるだろうが」

「あ」

「あの事件のあと、俺は何ヶ月か牢に入れられてたんだよ。

二十四時間、二人の男の監視つきで。

飯も水分も睡眠もろくになかったときもあった」

「だから食べ物に関してはあんなに口うるさかったんだね」

「何でもかんでも当たり前に思ってる奴が多すぎなんだよ、この世界は。

そんなものは簡単に壊せるんだ。

人間の行動一つでも」

「白橋君はこれからどうするの？」

「明日のことなんか興味ない。

俺は今ある今日を無駄に消費しない方法を考えるので忙しいからな」

「ふふ、そうだろうね」

「お前は？」

「私？

私は会社に戻らなきゃ」

「馬鹿な奴」

「なんでよ」

「嫌なら辞めればいいだろ」

「あのね、私は庶民なの。

仕事選べるようなキャリアも学歴も才能も持ってないの！

どんなに嫌でも、今ある仕事をこなしていくしかないんだよ」

「楽しいか、それ」

「楽しいかどうかは私次第だと思う」

「お前って頑固だよな」

「普通でしょ」

「ってかあれだ。

鈍い」

「なっ！

まさか白橋君にまで言われるなんて思わなかったわ」

「いいから聞けよ。

そんな仕事やるぐらいなら、俺の助手やらないか」

「助手？

なんの？」

「小さい事務所を立ち上げようかと思っててな。

そのために使える人間が欲しいんだ。

俺が一から十まで説明しなくても何が言いたいかを理解できて、しかも遠慮なく意見を言える人間が」

「で、私なの？」

「そうだ」

「私でいいの？」

「じゃなきゃ言わないだろ」

言い方はいつにも増してぶっきらぼうだったけど、言葉自体は途轍もなく嬉しくて。

返事とともに大げさな肯定を返した。
彼はそれでも無表情のままだった。
でもなんとなくわかってしまうんだ。
無表情には二つ使い方がある。
変化を隠したいときと、本当に何も感じていないときだ。
必要以上に話すことを嫌がる彼らしい使用用途だと思って笑ってしまった。
目敏くそれを見つけると、
瞬き一つもしないうちに私の隣に移動して、右頬を加減なしに引っ張ってきた。
こういうところは子供っぽい。
笑うのは失礼な気がしたけど、ちょっとだけ顔の筋肉が緩んでしまった。
決して彼を馬鹿にしたわけじゃない。
「ありがと、白橋君。
でもいいよ、私は今のままで」
「後悔しないのか」

「しないとは言い切れないわ。
だけどさ、今の私がなんであれ、いたずらに変化を求めてばっかりじゃ駄目だと思う。
変わることも必要なんだろうけど、
変わらないことだってきっと同じくらい必要なことなのよ。
だから私は、今を続けてみたい。
今なら大丈夫な気もするし」
「フン、生意気な奴。
嫌いじゃないけどな、そういう進歩は」
「素直じゃないよね、最後も」
「お望みならそうしてもいいぞ?」
「遠慮しとく」
偶然出会って、また気まぐれに別れる。
交わるばかりじゃない、偶然が重なったとしか言い表しようのない、私と彼。
ここから先交わる保証なんてなくても、そのうち会えるのだろう。
人と人の関わりはこんなものでいいのかもしれない。
当たり前のようにずっと傍にいるのではなく、
別れと出会いを繰り返しながら、新しい何かを積み重ねていく。

適当に近づいて、適当に距離を置いて。

適当に、肩に力を入れずに。

一時しかない関係、というのもスリルがあって面白い。

死ぬまで一緒にいなければならない人間同士というのは
どうしてもお互いに遠慮してしまうから、言いたいことも言えないまま溜め込んで、
挙句関係が無惨に崩壊していってしまうから。

あとのことを考えるだけでは何も変わらない。

変えようとか、変わろうとか、無理に思い込むのも逆効果。

自己暗示なんて負担にしかならない。

一緒にいたいと思える相手だったら尚更別れを選ぶべきだ。

距離を置くだけで、何も今生の別れというわけではない。

離れることで、より自分にとって相手がどれほど大きい存在であるかを
知ることができる。

そうして再会したとき、以前に会ったよりももっと相手を愛しく、尊く思えるのだろう。

話などしなくたっていい。

何故なら、再び出会えたということに意味があるのだから。

価値の大きさも感動の深さも人それぞれだろうが、意味があることは変わらない。

偶然でも、必然でも。

「そろそろ行くわ」

「急にどうした？」

「同僚に、会いたくなっちゃった」

「そうか。

　ちょっと待ってろ」

私は脳内に疑問符を並べながら、彼が走り去った方向を見つめる。

どうしたんだろうか？

というか、さすが元刑事。

運動神経はなかなかいいようで、あっという間に視界から消えてしまった。

口を全開にしていることに気づいたのは、
隣のテーブルに座っていた女子高生に笑われたあとだった。

要するに、私は三分ほど放心していたということだ。

「くれてやる」

「これは？」

「見ればわかるだろ。

〝梟〟だ」

「いや、そんなことを聞いてるんじゃなくて」

「お前の面倒な思考回路がマシになるように、だよ。

餞別も兼ねてな」

「ありがとう！

なんだかんだ優しいよね、白橋君」

「うるさい」

ぶっきらぼうな口調だけど、
彼は私のために何かしようと思えるぐらい、私を信用してくれた。

手のひらの上に乗せられた梟のストラップよりも、彼のその気持ちのほうが嬉しかった。

信用してくれなくてもいい、なんてただの強がりで。

本心は、ずっと怖かった。

彼に心から拒絶されたら本当の人間不信になってしまうのではないか、と。

自己愛もここまでくると最低を通り越して呆れてくる。

自分は相手を信用できないのに、相手には自分を拒絶されたくない。

これも彼に出会わなければわからなかったことだ。

私は自分のことを何も知らないくせに勝手にわかった気になって不幸を嘆くだけの、
ドラマや小説の主人公と同じだった。

それが嫌で、それを認めてしまうのが嫌で、
自分自身と向き合うことから逃げていただけ。
わかってしまえば納得するまで時間はかからない。
が、醜い部分を改めて見せつけられたときは、
防衛本能に言われるままに蓋をしてしまいそうになった。
見ないようにしていたからこそ、中身を覗くのを拒んでしまったのだ。
私は私でしかないというのに。
どんなに醜かろうと愚かだろうと、私は私以外の何かにはなれない。
それは皆同じだ。
なんにもなれないと理解しているから、逆に人間は自分以外に憧れて、
それに近づけるようにといらぬ努力を積み重ねる。
憧憬すら瞳を曇らせる靄になりうる。
別の何かになれはしないとようやく答えに辿りついたときには
何もかも遅かった、という人間も実際にいたのではないだろうか。
誰もに与えられる問い。
されど、誰もが道を間違えてしまいがちなその問いの答えを知る術は
誰よりも醜い深淵で、かつて味わったことのないような苦汁を舐めなければならない。

地に這いつくばって、両の足に力が入らなくても引きずって。
貪欲に手を伸ばし続けた者だけが答えに触れることを許される。
私がそうしたように。
答えに触れられたかどうかはよくわからないが、
確かに私の中の何かが変わったのはわかる。
変化はやってくる。
足掻いても、逃れても、皆に等しく訪れる。
しかし、そこで本当に自分が望む変化を遂げようと思うのなら、
足を止めていては駄目なのだ。
ただ無為に日常という時間を消費するのではなく、
どんな些細な変化にも反応し、疑問を抱き、自問自答を重ねる。
それを何度も何度も繰り返してやっと答えの輪郭が見えてくる。
人の思考はそれこそ一分一秒ごとに変わっているのだ。
全く異なる視点から違った角度から思考することで、
昨日、さっき、見えなかったものが見えてくる。
数日前の私にはそんな余裕もなかった。
自分を責めて、犯人を憎むだけで、他に思考を割くこともせずに。

何を知った気になっていたのだろう?

何も知らなかったのは私も同じだったのに、
どうして自分の心情を省みることもできなかったのだろう?

単純な理由だ。

現実を受け止めたくなかったから。

そうやって自分で自分を惨めにしていただけのこと。

そうだ、結局はそういうことなのだ。

「一人で百面相して楽しいか」

「へ!?」

気づかないうちにまた思考に没頭していたようだ。

白橋に言われて我に返ってみれば妙な空気が漂っている。

「さっきから無駄に人目集めてるぞ」

「な、なんで?」

「さぁな。

　連中がお前の何に興味持ったのかは別に俺には関係ないし。

　行くならさっさと行け。

　残された俺の面倒が増えたらどうしてくれるんだ」

「心配してくれてるんなら正直に言えばいいじゃない」
「誰が言うか」
「あれ？
　違うって言わないんだ？」
「言っても通じない相手には言わない。
　労力の無駄だ」
「そういうことね……」
極々自然に納得できてしまうのは彼が彼だからだ。
内心で頷き、私は背後を振り返らずに店の外に出た。
たぶん彼は振り返ることを望んでいないから。
むしろ振り返ったら皿の一枚でも飛んできそうだ。
まぁ彼は礼儀を重んじているようだからそれはあり得ないのかもしれないけど。
うーんと空に向かって伸びをする。
今までも寝起きにやっていたのだが、今のが一番すっきりした気がする。
それは、一つ一つの些事に対しても私が関心を持てているということだろう。
前にはなくて、今はあるものだ。
変化していくもの、変化させてはならないもの。

この見極めはきっと人間を知るよりも難しい。
だからこそ求める価値がある。
障害が困難で巨大であればあるほど、
それを乗り越えたときの喜びやら達成感やらは凄まじいものなのだろうし。
どこへ向かうアテも決めずに歩く。
家の場所がわからないわけではない。
単に真っ直ぐ帰るだけではつまらないと思ったからだ。
知らないことがそこらじゅうにある世界。
見えていたのに目を向けなかったあらゆるもの。
下を見ても、上を見ても、前を見ても、後ろを見ても、見たことのない未知に見える。
楽しくて仕方がない。
無知と知りながら穴を埋めていくように、自分なりの解答を書き込んでいく。
その感覚が鼓動を速める。
大人でも子供でも関係なんてない。
知ることに対する欲求や執着は誰もが持っていてもいいものなのだから。
捨てることができないなら、持っていればいい。
無理矢理なかったことにする必要はないのだ。

らしさは、年齢とは結びつかない。
年齢はその人間のステータスの一部であって、
その人間そのものを表すものにはなりえない。
つまり、もう大人なんだから、とか、まだ子供だから、
とか、そんなものは言いがかりだ。
環境や状況、人間関係、精神環境に囲まれながら、
自らの意思で物事を選び取っていくものであり、
他人がそんなもので限定してもいいものではない。
その代わり、選んだ以上どんな結果になろうと逃げずに受け止めなければならない。
逃げても無駄だ。
現状はただそこにあるだけなのだから。
疲れたら誰かにヒントをもらったって構わない。
現実を投げ捨ててしまわない限り、幾通りもの結果を重ねていくことができる。
そして自らが決めたゴールに立ったとき、振り返った道に胸を張れるなら、
充分すぎるぐらいに幸福なのだろう。
誰かに与えられるものではなく、ましてや薬などでもなく、
自分が望んで重ねた結果の上にあるものに満足したい。

なんとも言えない感情に包まれて、最高の笑顔とともに再開の一歩を踏みしめた。

※

「やっと行ったか」
それにしても最後まで騒がしい女だった。
俺は二杯目を持ってきた店員に追加のミルフィーユを頼む。
少し苦めの紅茶とクリームたっぷりのミルフィーユの組み合わせは
ここ最近のお気に入りなのだ。
肘をつき、ガラスの向こうの景色を見る。
女に会ってから数回ティータイムをいれたが、今が一番味気ない。
何故だろうか。
答えは言われなくてもわかっている。
俺は認めたくないのだが、どうもあの女の隣は意外にも居心地がよかったらしい。
納得のいかない話だ。
ガラスに眉をひそめた自分の顔が映っている。
余計に眉間の皺が増えるじゃないか。

そう思いながらも目を逸らせなくて。
店員が頼んだものを持ってくるまでの数分間を睨めっこに費やしてしまった。
最悪だ。
時間の無駄遣いは嫌いだというのに……。
「いただきます」
小さな声で述べ、フォークを突き刺す。
久しぶりに食べると格別美味しく感じる。
何日も食べていると味に舌が慣れてきて、どうも鈍くなるようだ。
好きなものは数日空けて食べることをお勧めしよう。
口の端についた生クリームをナフキンで拭い、紅茶に口をつける。
やはりストレートはうまい。
甘いものに甘いものを足してもしつこくなるが、
どちらかを甘すぎないものにすると、双方が引き立てられてよい感じになる。
この瞬間が俺の幸福、と言えるに違いない。
高価である必要もなければ、常にその状態である必要もない。
さっきの組み合わせの話と同じことだ。

幸福ばかり続いていれば次第に感覚が鈍ってきて、
それを普通や当たり前と感じてしまう。

退屈で幸福でも不幸でもない毎日の中に、僅かなそれらが混ざっているから、
なんとなくでもそれらをありがたく思い返すことができるのだろう。

あの女は、おそらくそれを最も深く感じることができる人間なのだ。

本人がそれを感じる余裕がないと思い込んでいただけで。

彼女を忘れないようにしていたところは評価してもいいが、そこだけはいただけない。

それで思い出した。

神無木にもう一度会いに行かなければならないのだ。

奴に関係者の名簿を見せて、それから彼女に薬を服用させた人間の名前も聞かなければ。

のんびりティータイムを楽しんでいるときにばかりこういうことを思い出す。

俺の脳内は一体どうなってるんだ。

不平不満はあとでも解消できる。

あまりあと回しにしたくはないが、
緊急事態を先にどうにかしないことにはどうにもならない。

考えごとをしながら食事をするな、と言っておきながら自分はこのザマか。

そこで女のしたり顔がちらつき、いい加減キレそうになってきた。

半ば強引に残り半分のミルフィーユを紅茶で流し込み、速攻で店の外に飛び出した。
勘定は今度まとめて払うと伝えてあるから問題はない。
ここから収監所までの距離はどれぐらいだったか。
収監所までのルートを組み立てていると、何やら見覚えのある車が近付いてきた。
俺が足を止めると並ぶように道の端に寄ってきたその車も停まる。
「よ、そこのおにーさん。
乗ってくか？」
「ちょっと栖峨さん！
運転してんの俺なんすけど⁉」
「いいじゃねぇか。
困ってるときはお互い様って言うだろ」
「アンタはいっつもいっつも……」
「うるさい。
乗るならさっさとしろ、白橋」
「待て、乗る！」
栖峨さんが開けてくれたドアから飛び込むように後部座席に乗る。
相変わらず腕はいいようだ。

継堂の運転テクニックには、俺も一目置いている。

彼らは〝特課〟に所属している刑事で、俺と面識があるのは栖峨さんつながりだ。口の悪い仏頂面が日佐で、運転席で雑な扱いを受けているのが継堂。

紹介できるほどこいつらのことを覚えていた自分を褒めてやりたい。

「で、どこ行くつもりだったんだよ」

「あぁ、神無木に用があってな」

「神無木って、あの神無木か？」

「フン、それ以外に思い当たる人間でもいるのか」

「うるせぇよ」

「今更ってわけでもなさそうだが、何かあったのか」

またこの人は、と思ってしまったのは不可抗力だ。

お節介もほどほどにしろよと思いつつ、気になっていた疑問を投げる。

「いろいろと。

栖峨さんは知ってたんですか、六年前のこと」

「全部ってわけでもないがな。

お前の恋人に薬を服用させた人間には心当たりがある」

「本当ですか⁉」

「ああ。

って言っても、それを突き止めたのは零ちゃんだから俺の手柄じゃない」

「どっちでもいいでしょ、それは」

継堂のフォローはなんのその で、栖峨は異議あり！　とばかりに手を挙げる。

「馬鹿言うな。

これは意外と真剣な問題なんだぞ」

「どこらへんがっすか」

「全部！」

「白橋、こっから先は聞かなくてもいいから」

「りょーかい」

いけ好かないのは変わらないが、栖峨をからかう時だけは都合がいい。

と、内心で思いながら継堂の反応を眺める。

「おい！

お前ら、こんなときだけ変なコンビ組むな」

「それは無理っすよ。

だって栖峨さん相手っすから」

「理由になってないからな！」

「貴様ら……。

　今すぐ黙るか、鉛玉の餌食になるか。

　好きなほうを選ばせてやる」

「「すいません」」

こうして見ていると誰が上司かわからなくなってくる。

いよいよ収拾のつかなくなったところで、面倒だが口を挟むことにした。

「日佐も変わってないな。

　特にキレたらヤバイとことか」

「なんだ、貴様はそんなに俺に撃たれたかったのか」

「冗談だって」

「フン」

いつでも撃てるようにセッティングされた銃をホルダーにしまうのを確認して、ようやく息を吐き出した。

「お、日佐が黙った」

また継堂が茶化して、日佐がそれにマジギレして、
最後に栖峨が空気の読めないボケをかまして、二人にツッコまれる。

こんな風だったな、と懐かしさに似たものを感じた。

俺もここの場所を許されていたのだ。

選ばなかっただけで。

選ぶ資格などないと思い込んでいただけで。


彼女の隣以外で初めて欲しいと思えた居場所だったのに、罪が、過去が重すぎて。

怯えていたのかもしれない。

あり得ないと一蹴してしまいたいところだが、この世界にはそんなものが山程ある。

俺が彼女以上に大切に想える存在が現れないとは言い切れない、ということだ。

そのとき、また同じことを繰り返したくない。

大切なものを自分の手で壊すようなことはもうしたくない。

だから俺は刑事を辞めて銃を捨てることを選んだ。

神が俺に何をさせようとしていたのかさっぱり理解できないし、するつもりもないけど、
一つ言わせてもらおう。

「俺を思い通りに動かせるなんて馬鹿なことは考えるな」と。

人を操る行為のどこに魅力を感じるのやら。

所詮、人間には思考の及ばない域ということなのだろう。

神よりも面倒な思考回路をしている女もいたような気もするが。

思考を重ねていけばいいとは言った。

が、あれは少々度を越えている。

加減というものを知らないのか、
と言ってやりたくなった回数など十数回なんてものじゃない。

「なんだ、考えごとか？

お前が静かに考えてるなんて珍しい」

「どういう意味ですか？」

「だってなぁ」

「なんでそこで俺のほうを見るんすか」

何故か疲れきった顔をしている継堂だが、返事を怠けないあたりはさすがだ。

「なんとなく目がそっちにいった的なやつだ」

「自信満々に言うようなことじゃないっすよ、それ」

「そうだったか？」

「論点をそらすな、馬鹿共が」

日佐は口は悪いが相性は悪くないと思う。

こうやって俺が無駄に言わなくても即座に汲み取って先を促してくれる。

感謝の意味も込めてアイコンタクトを飛ばす。

正面から受け止めることはないが、ちゃんと受け取ってくれてはいるのだろう。

その判断は百パーセントである必要はない。

言葉で、視線で、思いの丈の全てを伝えることは不可能なのだから。

故に人は幾度も言葉を重ねる。

重ねて、積み上げて、ようやく思惑の一部を理解することに成功する。

それが喜びと幸福を生み、また次に繋がっていくのだ。

「俺って考えてる最中に何か言う癖でもあったんですか」

「癖っつーか、まぁあれは癖になんのかな。

考えごとの内容に関する単語だけポツポツ言うんだよ。

知らなかったのか？」

「そりゃあ自分の癖なんて自分じゃなかなかわからないものですって」

「そういうもんか。

面倒だよな、そういうの」

「アンタが言うな！」

「継堂、お前やっぱ減給な」

「なんでっすか⁉」

「あー……。

なんとなく？」

「アンタ最低だよ！」

「そんな褒めんなって。

取り消しなんかしてやらないぞ」

「もういいっす」

「あぁそこは言い返さなくて正解だ、継堂」

「サンキュ、白橋」

前を見て運転しろ、と日佐から鋭く切れ味のいい言葉が投げつけられるが、継堂はそれを何ごともなかったかのように流す。

皮肉も言い合うし、ぶつかり合いはコミュニケーションと言えるこのコンビが羨ましい。

俺には感情を表に出してぶつかれる相手はいなかったから。

大切に心から想える相手はいても、そういった存在には出会えなかった。

雑音だと決めつけて、目に映る景色をまがい物だと言い聞かせて耳を傾けることもしなかったのだから当然なのだが。

周囲に目を向けられるようになったのはあの女に出会ったのがキッカケだろう。

いろいろと危なっかしいし面倒だったけど、退屈はしなかった。

女と別れる寸前に言った言葉は結構本気だった。

他の人間とは違うものを持っていたし、何より彼自身と向き合おうとしていた。

普通がどうしたと言えて、仇を目の前にしても「お前と同じにはなりたくない」と言う。

貴重な体験だった、の一言で終わらせてしまうにはそれなりに惜しい時間だった。

「そろそろ着くぜ。

何しに行くのかは知らねぇけど、無理はすんなよ？

まだ俺のケー番消してねぇよな？」

「消す消さない以前の問題だ。

忘れてたよ、登録してたの」

「地味にひでぇ」

「くだらん。

さっさと行ってこい。

遅ければ置いていくだけだがな」

「わかってる。

お前らホントに変わらないな」

「お前にだけは言われたくねぇわ」

「黙れ」

「はいはい」

「いってきます、栖峨さん」

「おう。

時間は……そうだな。

四十分ぐらいでいいだろ」

「え？」

「ほら、もうボタン押したぞ」

「って、そういうことは先に言ってくださいって何回も言ったじゃないですか‼

クソッ！」

俺がいない間にあの人はまたレベルでも上げたのか？

空気が読めないにしても限度があるだろ。

心中の愚痴を決して悟られないよう、俺は速攻で走り出した。

継堂はわざわざ収監所の脇に車を止めてくれたらしく、走り出して間もないうちに中へ入ることができた。

万が一何かあってもすぐに俺を拾えるように、だろう。

アイツは本当に頭がいい。

とても何か話すようには思えないが、何もしないで過ごす時間は飽きた。

だから今度は俺から動く。
女が自分の意思で踏み出したように。
あの世にいる彼女にいつか会ったとき、胸を張れるように。
死ぬまでにこの後悔を一つでも少なくしていこう。
俺が俺として生きて、死ぬために。
決意を両目に宿し、彼らに「ただいま」を言うために、
奴のいる牢を目指して駆け出した。

END

著者プロフィール

ヒノン（ひのん）

1994年9月17日生まれ。
大阪府出身、在住。

No perfect A

2014年2月15日　初版第1刷発行

著　者　ヒノン
発行者　瓜谷 綱延
発行所　株式会社文芸社
〒160-0022　東京都新宿区新宿1－10－1
電話　03-5369-3060（編集）
03-5369-2299（販売）

印刷所　株式会社フクイン

ISBN978-4-286-14683-6